台灣四大河流的故事

穿越時空的旅行

張秋鳳　著

【自序】夢想中的旅行故事

其實我看了很多的國外奇幻故事，從馬雅到希臘，從英國到紐西蘭，從希臘到南美，就沒有一部關於台灣的奇幻故事，我想寫一部以台灣人的觀點說的一段歷史奇幻故事，因為身為一個台灣人很想知道在那個蠻荒未開化的世紀裡，台灣究竟是一個什麼樣的世界？於是我開始尋找，尋找，我開始旅行，從北台灣的基隆開始，到南台灣的東港，我找了很久的歷史文化，我終於找到了，我的旅行故事就從淡水河開始，一直走到濁水溪再到曾文溪來到高屏溪，旅行是一件很有趣的事，也帶給我很多很好玩的故事。

我想要知道的過去的台灣的河流是一個什麼樣子，聽說淡水河原是一個湖，而艋舺是一個商業往來的港口，也是一個很大的湖港，很難想像現在的萬華竟然能夠有很多大大小小的舢舨船和海盜船的進出，萬華和基隆只靠著一條基隆河就能在一天之內來來回回好幾趟，一個人躺在河岸邊就可以看到夕陽美景的藍天白雲。現在二林鎮竟然是一個港口，只靠著濁水溪裡的珊瑚就有許多大大小小吃不完的魚群，飛躍的山林野獸抓也抓不完，身處現代的我只能站在田尾公路花園裡成群的舞蝶去想像珊瑚的魚群之美。我也只能這樣想像躺在海岸邊仰望天空的滋味，想像著在海岸邊與海盜廝殺的場景，愉悅地奔跑在山林野地，在海岸邊看海盜船玩起追逐遊戲，在海上被海盜追逐的刺激。現在的台南市和高雄市是一個很大很大的海灣，在這些海灣裡都發生了什麼事？都做些什麼事？那為什麼又會變成今天這個樣子？這些都是我這部小說裡要表達的。

記憶中，台灣一直擺脫不了政治的纏鬥，我想從另外一個角度去尋訪沒有政治纏鬥的台灣是一個什麼樣的世界，於是這個故事就這樣寫下來了，我一個地方一個地方的找尋，沒有文明的台灣生活是什麼樣子。

在地球生態日益遭到破壞，在生態保護意識上升的時代裡，想要讓自己生活的地方沒有科技污染，與其說我想創造一個原來的台灣，不如說我想知道原來在這裡生活的人們是如何尊重大自然，為了生活不被破壞是如何的對抗外來的侵襲，在旅行中，我盡量一個人獨立思考，一個人接觸，我不用現代人的思考模式，跳脫個人的思想去完成這一部台灣四大河流的旅行故事。

張秋鳳

目錄

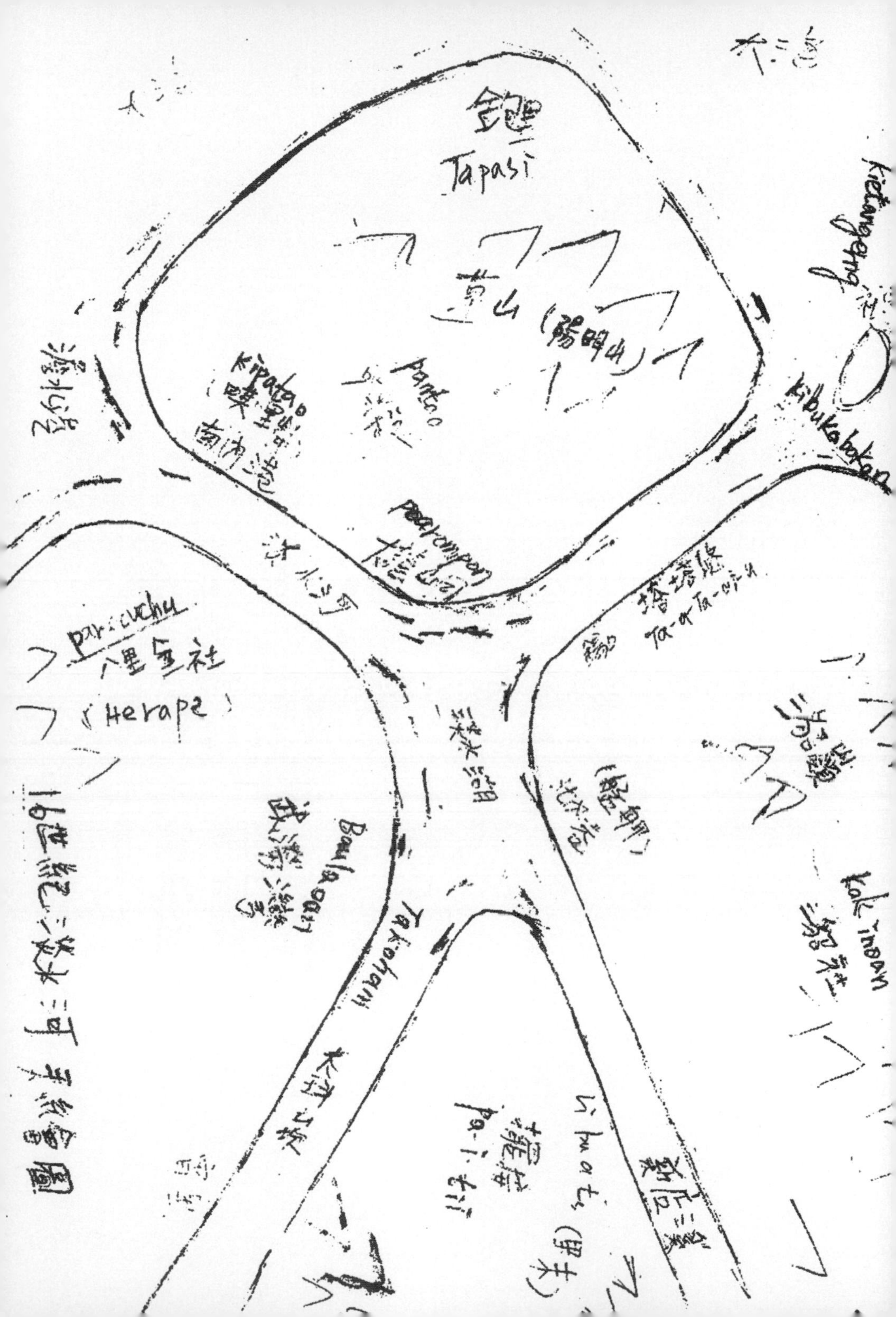
Tapasi
陽明山
paricuchu
八里坌社
Ta-a Ta-a-a

01

淡水河的胭脂湖

遙遠的夕陽從天邊的河口穿透過來，謝立婷一個人站在浮洲橋的人行步道上等待張亞夫的到來，看著橋下那正在整修的鐵手和忙碌的機具，往來在河床上休憩的人們，謝立婷彷彿看見了一群正準備裝卸貨物的商人和背負著行李上船的路隊，男女老少穿著粗布衣，在港口等待歸來的商船和家人，等待自己的舢舨船游離在河上打撈，河口有著不一樣的商人在這裡穿梭進出，一直到太陽淹沒在大海的角落，河面上寂靜又泛黑的沉睡著。「在看什麼，看得這麼出神？」張亞夫從背後傳來這一句喚醒了謝立婷的沉思，謝立婷恍惚的眼神看著張亞夫說：「什麼時候來的？」「來一會了，看你這麼入神的看著河面，連叫好幾次都沒有回應，你在想什麼？」張亞夫靠近謝立婷的身邊說。「在想你說這條淡水河曾經是往來頻繁的商船集中地。」謝立婷說。「是嗎？」張亞夫往橋下看一眼說。謝立婷沉沉地看著橋下，「看到這一堆砂土，任誰也不會相信，這裡以前叫什麼來著？」謝立婷邊想邊說。「Takoham 是吧？這條河應該叫 Takoham，對吧。」張亞夫說。謝立婷回頭看著張亞夫一眼，「你說得沒錯，這條河是叫 Takoham。」謝立婷說。張亞夫眉頭深鎖看著眼前這一片河床，「這條河快要變平地了。」張亞夫說。「咦？平地？」謝立婷迷惑地看著張亞夫。「說真的，實在不敢相信這條河流快要不見了。」張亞夫說。「什麼？」謝立婷說。兩個人的對話被浮洲橋下的機具聲掩蓋了。

從 Pa i tii 到 Baulaoan 就靠著這條河，很多從外海來的商人也都在這條河上作買賣，許多舢舨船不停的穿梭在其中，從北內港到澹水港，從北內港到 Kibuk abuk an 都是很繁忙的。「這裡的商人？」謝立婷說。「Kibuk abuk an 最早的商人應該是平戶商人。」張亞夫說。「平戶商人？」謝立婷說。「那時候海上就發生了很多戰爭。」張亞夫說。「也許是吧？」謝立婷說。過去的海上因為有海盜商人的爭奪，讓許多人的鮮血染紅了大海，從天空裡劃下來的雲彩和大海成了一片的顏色，從澹水港看見火紅的夕陽沉沒在染上鮮血的大海上，村民的舢舨船不再獨自享有這片大海，寧靜的大海將掀起一場風暴，大海的巨浪正悄悄吞蝕著村民寧靜的生活。謝立婷和張亞夫沒有再談論下去，兩人緊緊地依偎著看著正在整修的淡水河。時光飛逝，車流不停，冷冷的眼眸不斷地流轉……。

澹水港一直是平戶商人和 San domingo 人往來的港口，村民也常常駕著自己的舢舨船從 Baulaoan 出海到北內港和平戶商人做交易買賣，村民在北內港認識了很多從澹水港來的商人，也有的從 Ta a ta ai u 那邊的港口過來的，從 Ta a ta ai u 出海口有一個島，可以看見平戶商人在海上漂流。「平戶商人嗎？」謝立婷說。「那平戶商人有一支非常強大的船隊從北方的小島到這裡來。」張亞夫說。突然，快車道上的車疾駛而過，謝立婷用手掩面遮蓋揚起的風沙，張亞夫為謝立婷拍去身上的風沙，撫順她被風吹起的亂髮，謝立婷深邃的眼神看著張亞夫。過了一會，謝立婷說：「這裡真的有商船進來過？」「看不出來喔，這裡依然是居民生活物資商業集中的地方。」張亞夫說。「這倒也是。」謝立婷說。風吹著腳步有點不穩，張亞夫牽著謝立婷的手走，從河口拉長影子的夕陽只剩下一些光彩的雲層，然，天黑的螢幕頓時掀起來。「走吧，趁著還有夕陽餘暉，趕快回家。」謝立婷說。兩人看看天色，「走吧，回家。」張亞夫說完之後，就往橋下走，謝立婷跟在後面。往來橋上的車子彷彿在港口卸下的船隻在裝滿貨物的手拉車裡準備回家，微暗的光正點亮著港口的路，為晚歸的舢舨船照明，張亞夫和謝立婷夾雜在人群隊伍中，通過關隘的檢查哨回到了村落，在村落裡市集的人們趁著天未黑之前做著最後的生意，直到月亮在東方升起。去——，濟——，一輛機車的剎車驚醒了謝立婷的沉思，張亞夫無言地看著她，張亞夫心裡想著肯定又胡思亂想了。「我肚子餓了。」謝立婷拍拍衣服說。「去Pa i tii找客棧吃飯去。」張亞夫說。「咦？」謝立婷笑了。張亞夫看她笑的甜美燦爛，牽起她的手走進了寂靜的村落。

這家餐廳平時總是人滿為患，總是人來人往的進進出出，那擺在門口的裝飾變成了燈籠，大碗大碗的盤底盛著食物，村民正享受著美味的晚餐，「看什麼？」謝立婷說。「沒什麼。」張亞夫說。順手拿出一張地圖傳給謝立婷，謝立婷這張黑白地圖，『淡水縣平埔十九社分布圖』裡頭有很多謝立婷看不懂的字和不明白的區域。服務生穿梭在旅客之間，送飯的人對著每一位旅客詢問要吃的餐點，謝立婷面對著這豐盛的菜餚，咬著殘渣菜屑在嘴裡，張亞夫看在眼裡噗哧地笑了，「你笑什麼？」謝立婷搗著嘴說。謝立婷指著地圖說：「Ta a ta ai u？Ta a ta ai u是什麼東西？」張亞夫看著地圖說：「你這麼快就看到Ta a ta ai u，Ta a ta ai u在基隆河的南邊，後來向北遷移，也就是現在內湖一帶，以前的Kibuk abuk an河是很多村落密集的地方，往來生活的船隻也很多，Kibuk abuk an 河的水養育了每一個村落的住戶，村民都會搭船到北內港作貨物交易。」「北內港？」謝立婷發出疑問。「是啊，北內港就是萬華。」張亞夫說。「萬華不是艋舺嗎？」謝立婷說。「艋舺是後來，更早以前是北內港。」張亞夫說。沉默一會，張亞夫繼續說：「過去的北內港和南內港是基隆河上的兩大商港，商船往來頻繁，在港口進出的不僅有村民還有外地來的商船進入。」「是這樣喔，外地來的商船？」謝立婷突然低下頭來，沉默許久。

在往 Pa i tii 的橋上 Akin 將舢舨船固定好，沉重的貨物籃子將 Akin 的背弄彎了，此時在橋上四處張望的 Hopa 循著下船旅客的身影在找尋 Akin 的影子，橋上一個碰撞，碰撞出 Akin 和 Hopa 的相遇，「Akin，是你。」Hopa 喚了一聲，驚呀的表情讓 Akin 嚇一跳，「Hopa，妳怎麼會在這？」Akin 說。「我一直在等你回來。」Hopa 說。順著路邊的光，兩個人高高興興的回到村落的家。穿著粗布衣的 Akin 和 Hopa 推開了木門，卻發現家裡多了兩個客人，Akin 只問一句：「你們是誰？」張亞夫巴望的眼神看著 Akin 和 Hopa，沒有說話，過了一刻鐘，張亞夫小聲地對謝立婷說：「說我們是未來世界，他們肯定認為是撞鬼了。」「那怎麼辦？」

謝立婷說。隨後看見Akin和Hopa回頭找村民商量，「在這裡巫師是最大的。」村民說。「不會抓我們去見巫師吧？」當謝立婷說出這句話。屋外傳來吵雜聲，張亞夫探頭一看，村民拿著火把議論紛紛，「火把？不會要燒死我們吧？」謝立婷說。「有可能。」張亞夫說。「咦？」謝立婷驚慌地看著張亞夫。此時屋外燃起一片乾草火焰……，火焰……，「怎麼辦？亞夫。」謝立婷無意識地說出這句話。火焰苗穿透了木門……。謝立婷顫抖了一下，「妳怎麼了？」張亞夫驚慌地看著謝立婷，又笑了起來。「你在笑什麼？」謝立婷說。「笑你剛才的模樣。」張亞夫說。攪拌著咖啡杯的謝立婷說出一句震驚的話：「我也不知道為什麼把這裡想成過去的小木屋了。」「大概跟這家餐廳的擺設有關吧，有些古早味。」張亞夫說。「大概是吧！」謝立婷說。「時候不早了。」張亞夫看一下時間，兩個人走出餐廳，街道上閃著燈光的車子像船上的火焰引領著人們回家的路。透著微光的謝立婷露出難得一見的笑容，張亞夫與謝立婷在黑夜中彷彿掉入寂靜的時空……。茅草屋的村舍在石子路上成了點綴的裝飾，謝立婷靠著張亞夫親密的走著，看見了Akin和Hopa也在對面的街角走過來，Akin臉上的笑容早已說出Hopa是自己最重要的人。去——濟

——，剎車聲打斷了張亞夫和謝立婷的前進，兩人緊緊抱著那一瞬間的恐慌，兩人相視而笑，謝立婷的目光循去，Akin 和 Hopa 不見了，夜色帶走了他們。

市集的攤販正叫賣著不一樣的商品，熱食、胭脂、手飾、玉器等等。彷彿看見了 Akin 和 Hopa 兩人在夜晚的市集裡踩街閒逛著，一個刻著美麗花紋的玉飾在 Hopa 的手上，象徵著 Akin 這一年的愛和保護，市集裡的小吃有了吆喝聲，村民在快樂的踩街氣氛裡各自許下了彼此的心願。「在想什麼？」張亞夫看著對著一只吊飾發呆的謝立婷問了說。謝立婷回頭一愣地看著張亞夫，「像這樣的吊飾，以前都拿來做什麼？」謝立婷說。「咦？你問這做什麼？」張亞夫不解的問。兩人沿著街道走，男男女女，大人與小孩，老人與乞丐，就這樣走了好長一段路，在一家飾品前，謝立婷看著閃亮的飾品，抬頭對著張亞夫說：「以前的人有戴耳環嗎？」「應該有吧？」張亞夫說。當張亞夫隨手拿起一對銀飾耳環看著謝立婷，在瞬間變成了 Akin 拿著一個銀指環給 Hopa，將銀指環放在 Hopa 的手掌上，Akin 的臉紅了，Hopa 傻楞楞地望著手掌中的銀指環……，淚水在眼眶裡打轉。「那邊有廟會，我們去看看。」被路人的話打斷了思考。「我們也去看廟會。」謝立婷說。「想不到還趕得上。」張亞夫說。擠滿了踩街的人潮，這裡的港口真的很大，人來人往的商船，「你知道這些船都開去兒的？」Hopa 說。「這裡的商船大都是從北內港那邊過來的，當然也有從 Pa i tii 來的。」Akin 說。「Pa i tii？」Hopa 迷惑地看著 Akin。「你看到那個標幟了嗎？那就是從大海經過南內港順著河道進到北內港，然後來到 Baulaoan 的船。」Akin 說。「咦？」Hopa 輕嘆一聲。「Baulaoan 港口都跟哪些人做生意？」謝立婷突然冒出這一句莫名的話。「Baulaoan 其實是 Pa i tii 各村落的交易集散中心。」張亞夫說。「真的是這樣？」謝立婷說。彷彿看見了 Akin 駕著舢舨船在河中撈魚，Akin 的船行駛在河中，當 Akin 的船來到了北內港時，有一個海盜放火燒船，村民發現海盜燒掉的船隻是另一批海盜的商船，這條河隱藏著很多危機，即使有很多危機，Akin 還是和村民一起駕著舢舨船打撈，有時候村民的舢舨船變成往來遊客及海盜之間的交通工具。村民也看見有的海盜直接在船上起了殺機，跳海逃生的畫面不斷浮現，河中屍體一具多過一具地躺在河中央，有時候隨著水流，流向港口，流向大海，Akin 看多了，所以一點都不在乎，Hopa 卻是有點害怕的尖叫起來。「喔依

—，喔依—，」這個救護車的聲音喚醒了謝立婷的沉思。「發生什麼事？」謝立婷說。「好像車禍。」張亞夫說。街道上擠滿了人，從路人口中得知，這裡發生了打鬥，械鬥事件，有人受傷了，留下來的路面痕跡，已經被警察封鎖住了。「血？屍體不見了，屍體上了救護車。」謝立婷說。「咦？」張亞夫莫名看著她。今夜的港口多麼不平靜。正當 Akin 在 Baulaoan 下了船直往樹林裡跑，在一棵大樹下埋下信物，等著Hopa的到來，樹林裡野鹿亂竄，蝶影亂飛，除了海上撈魚，在樹林裡打獵也是Akin的專長，長射的竹箭是自己親手做的，有時候也會用鐵打造一把山刀去殺鹿，砍樹，在風的助勢下 Akin 跌入了山谷，Hopa 求救村民把 Akin 救起來。張亞夫不小心因為路人的碰撞而絆了一跤，謝立婷扶著他，「不要緊吧。」兩個人很久沒有這樣近距離相視而望了，夜多了一份淒美又浪漫的感覺，Akin 和 Hopa 正在夜裡的天空看著他們。

人潮人來人往的擠在花卉燦爛的空間裡，想不到逛個花博會還真累，站在大佳河濱公園旁的廣場裡，「我們休息一下吧。」謝立婷說。「好吧，去那裡。」張亞夫指著遠處椅子說，兩人慢慢走向椅子，張亞夫拿起水杯喝口水，「有郵輪在那裏讓遊客出航。」謝立婷指著碼頭說。「是嗎？」張亞夫說。「咦？」謝立婷輕嘆一聲，兩個人各有所思的望著碼頭。

Akin和Hopa坐在港口的木筏上，Akin向Hopa說出這條河的秘密：『澹水港水路十五里至干豆門，南港水路四十里至Baulaoan，此地可泊船。』『我知道。』Hopa接了這段話。Akin疑惑地看著Hopa。『內雞心礁陸路六里至Lu i li，六里至Li a，八里至Si u lo n，三十浬至Li bu a ts，三浬至Pa i tii，你要說的是不是這個。』Hopa一口氣說完之後並看著Akin。Akin接著說：『北港水路十五里至Pa ts ta u，四里至Mo si o an，十五里至To a lon po n，此地可泊船。』『三里至Kee bu ts，十五里至Ta a ta ai u，五里至Li i tso ku，六里至Bu a li ti a ha u，二十里至Ba ga si i。』Hopa說。『上灘水路七十里至嶺腳、下嶺十里。深海十二里至Ki bu ka bu ka n。』Akin說。『澹水港北過港坐蟒甲上岸至Ha la be，十五里至Pa ts ta u，十二里至Kee gi yu，十五里至大屯，三十里至小Ki bu ka bu ka n，七十里至Ta pa si，跳石過嶺八十里至Ki bu ka bu ka n。』Hopa說。『想不到你真的把這條河的秘密說出來了。』Akin看著Hopa說。『你也是啊！』Hopa說。『那就當作我們之間的秘密吧！』Akin對Hopa說。Akin伸出手緊握著Hopa的手，兩人默默地看著港口——港口有忙碌的商人和村民……。謝立婷望著張亞夫說：「你在想什麼？」張亞夫傻傻地看了她一眼。「你知道這條河叫基隆河吧！」張亞夫說。「嗯。」謝立婷點點頭。四周往來的遊客穿梭在大佳河濱園區內，彷彿正準備接送上岸的家人和村民，推著木板車，背著布包，挑著木桶，小孩稚嫩的笑聲和大人的歡呼聲。「媽媽，這邊遊輪怎麼跟淡水漁人碼頭的郵輪不一樣。」路人的一句話驚醒了張亞夫。「基隆河可以到達基隆嗎？」謝立婷突然冒出這句話，兩個人站在碼頭上的石階向河中望去，「Kibuk abuk an河已經不再有船進入了。」張亞夫說。「也對呀，現在有高速公路，有汽車，基隆河好像沒什麼作用。」謝立婷說。「以前就不是這樣。」張亞夫望著河中說。「咦？」謝立婷發出疑問。「剛才我們經過的花博會館以前都是靠近河的。」「河？」謝立婷有些不解。「這裡以前叫Mo si o an。」張亞夫看著謝立婷說。「從這裡可以坐船到Baulaoan和Pa i tii嗎？」謝立婷問。「當然可以，以前從Mo si o an這裡穿過這條河往來Baulaoan和Pa i tii以及北內港。」

張亞夫說。「Mo si o an？」謝立婷說。「這條河往右邊是Kibuk abuk an，往左邊是北內港，北內港再過去是Baulauan。」張亞夫說。「一大堆房子，什麼也看不見，肚子倒是很餓。」謝立婷失望地說。「肚子餓了吧？」張亞夫笑笑說著。「嗯。」謝立婷點點頭說。大佳河濱公園的碼頭正矗立著一堆鋼鐵，「時空會改變一切。」張亞夫說。謝立婷倚靠著張亞夫沿著石岸堤防走。Akin和Hopa也同時踩著蔓延的草地在河岸邊行走，莫名的流螢飛過他們的身邊；如同爆裂的煙火在張亞夫和謝立婷的天空上，五彩繽紛的照亮整個黑夜。

街上幾個混混在遊蕩著，在一家攤位前順手牽羊偷走錢包，被人發現，在眾人追捕下倉皇逃出市集。來到港口邊，遇見了村裡的巡守隊，就這樣小偷抓到了……，Akin和Hopa在港口的小山坡上開心的談笑著，「Hopa，你知道嗎？那個背後揹著布包的人是要出北內港到南內港去做生意的。」Akin說。「咦？你怎麼知道？」Hopa說。「你看，穿戴這麼整齊，一定是出去做生意的。」Akin說。「是嗎，南內港會比北內港還要大嗎？那裏做生意的有哪些人？」Hopa說。船隻一艘接著一艘的離去，村民回港下船也有出港上船的商人和旅人，「那是什麼？看起來不像村落的旗幟。」Hopa說。「那是海盜商船，從澹水港那邊來的，澹水港人叫San domingo人的商船。」Akin說。「難怪那個旗幟好特別喔！」Hopa說。Akin拿出一個玉器吊帶，放在Hopa手上，Hopa驚嚇了一下，「這是什麼？」Hopa說。「是我從北內港商人買來的，說是海盜及明朝商人最喜歡的配飾，送給妳。」Akin說。看著Akin的笑容，Hopa笑著接下了這個玉飾吊帶……。「這個給你。」張亞夫從口袋裡拿出一條玉飾手環放在謝立婷的手掌上，「你什麼時候偷買的，我怎麼不知道。」謝立婷說。「什麼偷買的，是剛才和你逛西門市場買的。」張亞夫說。「逛西門市場？」謝立婷說。整個紅樓被街頭藝人包圍著，站滿了圍觀的人群，張亞夫緊抓著謝立婷的手，手中的那只玉飾手環也隨著手晃動。彷彿Akin和Hopa在市集裡和眾人一起圍觀雜耍的藝人，商人流動的北內港依然忙碌著，在河流上放出閃亮的光芒如同海上波光粼粼的水漾照亮每個市井小民的心，Akin和Hopa手牽著手看著河上從天空裡反射下來的雲光，美妙極了，亮紅透頂的胭脂像一個塗抹脂粉的少女，等待眾人的垂憐與愛護。

在花博會館裡，佔滿了人來人往的遊客，張亞夫和謝立婷站在水泥橋上觀望著圓山捷運站，看到遠處隱約入港的大船和出港的小船，天空裡泛白的雲層不曾寫下什麼，在記憶裡卻留下永恆，張亞夫牽著謝立婷的手漫步在橋上。一頃間，這橋上擠滿了人，有官吏的船隻，有小偷的腳步，有村民的買賣聲，吆喝著港口的寧靜似乎在喚醒港口的步伐，載運著天黑之前與天亮之後的村民的生活，這些生活必須靠著港口的往來而獲取，假如還有留下一絲留戀，那便是這一片海的亮光。Akin 曾對 Hopa 說：「不要忘記回家之前，看一看河面上的亮光，透明亮紅的色彩照映著一顆鮮紅的心。」Hopa 泛紅的臉頰就像是天空裡滲透過來的一點點紅光，美極了。張亞夫看著謝立婷通紅的臉龐不禁覺地笑了，「笑什麼？」謝立婷說。行進間的花朵似乎變少了，換來水泥架構的房子，在圓山花博館裡眺望著圓山捷運站，並仰望著富麗堂皇的圓山飯店，在這個擁有多個外國使節的招待所，一會兒，張亞夫聽見謝立婷的嘆息聲，張亞夫聽見嘆息聲……。「怎麼了？一直在嘆息。」張亞夫不解的說。謝立婷傻愣愣地望著張亞夫，張亞夫向謝立婷靠近。「我肚子餓了。」謝立婷說。張亞夫看她一眼。「好吧，吃飯去。」此時，謝立婷向遠處高架橋下一眼望過去說：「那是淡水河唯一留下的記憶嗎？」

張亞夫笑笑的牽著謝立婷的手離開花博圓山館。

一群船夫駕著商船往來在河面上，不少農婦在河面上浣衣，洗滌農具，Akin和Hopa常常來到這河中沙灘觀看夕陽，每當有運載的船隻總是會在太陽下山以前出海，那河面上映照著紅光，那紅光從天邊延伸至海上擴散到河面上，然後返照在Hopa的臉，那樣透紅，那樣迷人，那樣一絲不染塵土的紅光，也許一個人會變老，會變醜，只有在水面上留下的透亮紅永遠珍藏在心裡，Hopa胭紅的臉頰早已深深打入Akin的心裏，即使不說也無法隱藏。「起風了，快走。」沙灘上的村民傳來，望著光亮的天空頓時陰暗了雲層，河面上的水紋也忽強忽弱的推上來，「怎麼了？」Hopa說。「強風。」Akin說。Hopa靜靜地沒說話，看著Akin把船隻收起，和Hopa上岸回家，在回家的樹林裡，Hopa對Akin說：「這風很大，從大海那邊來的嗎？聽說有人因為來不及躲避而在大海裡被強風吹走了。是真的嗎？」Akin緊緊擁抱著Hopa，用自己最微弱的身體和生命保護著。「這裡的風真的很大。」謝立婷說。「冷吧？」張亞夫說，張亞夫整理著謝立婷的長外套，然後將她擁進懷裡，「走吧，這樣下去會感冒的。」張亞夫說。「每次寒流來襲，這裏總是特別冷。」謝立婷說。「因為這裡是河灘啊。」張亞夫說。「咦？」謝立婷發出疑問。「這裡的河流曾經分成兩邊，一邊是基隆河，一邊是大嵙崁，如果船隻遇難都會在北內港擱淺，保護村民的生命財產。」張亞夫說。「北內港？」謝立婷說。「住在這裡的人都會留下交易紀錄，北內港和海盜商人往來的船隻都是滄水港來的，也就是說，所謂外國招待所，從以前就有了。」張亞夫說。「以前這條河就住滿了不同的商船，現在圓山飯店也住了不同國家的使節，這代表什麼？」謝立婷說。表示不管經歷多少時空，目地是一樣，內容也是一樣的，只不過是換個朝代，換個面貌而已。兩個人隨即在人群之中消失。

謝立婷和張亞夫站在Pourompon保安宮前，望著眼前這一片景象，「許個願吧！」張亞夫說。「嗯，反正都來了。」謝立婷點點頭說並和張亞夫一起走進廟埕……。

穿過荒草野地，Akin和Hopa來到市集，這裡的商人穿著不同樣式的衣服，「你看，那邊有人在賣鹿皮乾。」Akin說。「鹿肉？是要賣到明朝去的嗎？」Hopa說。「不一定，有的時候平戶商人也會來這裡做交易。」Akin說。

「是巡守隊？這裡怎麼會出現巡守隊。」Hopa說。「我聽村民說這裡是明朝商人和平戶商人最喜歡交易的地方，為了村落安全，成立了巡守隊，保衛村落和商人的安全。」Akin說。「這樣哦！」Hopa低頭不語。寂靜的村落矗立在茂密的林子，流暢的河流在夜裡還是很忙碌，「這裡是Pourompon村，往上是北內港，和Pa i tii、Ta a ta ai u連接，往下是南內港，接著是澹水港，你知道澹水港嗎？」Akin說。「澹水港不是有很多明朝商人和平戶商人的地方嗎？」Hopa說。「澹水港那邊的船都是到平戶島和明朝去的，那裏有北內港過去的船隻在那邊交易。」Akin說。「咦？你看那是什麼？」Hopa發現了奇怪現象。兩個人離開林子直往村裡去了，原來是今天村裡來了一群明朝雜技表演的人，村民都去看熱鬧了，熱熱鬧鬧的市集街道，突然閃過一道虹光，原來剛下過雨的村落，還來不及忘記下雨的不舒服，趁著放晴看雜技表演，不一會，天空裡亮出了彩虹，河流上倒映著虹橋，牽絆著在河上航行的船隻。巡守隊在河岸邊發現不明物品，原來是沒有在貨物交易市場裡經過公開驗證的絲綢錦緞以及一些鹿皮、乾菜等。巡守隊抓到了這些想私下交易的明朝商人，不讓這些明朝商人破壞交易的公平性。Akin牽著Hopa的手再度來到Pourompon的淺灘看著浮光掠影的夕陽，看著樹影倒映的美感，透紅的雲彩反射在河面上、Hopa的臉上，這段透紅的美是胭脂水粉畫不出來的美。

坐在廟埕石階，張亞夫撫摸著謝立婷，「你許什麼願？」謝立婷有些錯愕的表情看著張亞夫。從香煙裊裊的香爐中張亞夫在冉冉上升的煙火中彷彿看見Akin將手中的錦帶套在Hopa的頭上，然後再拿出鑲有銀和玉的花環戴在Hopa的頭上，這象徵著挽手儀式的行為深刻留在Akin和Hopa的心裡。此刻，張亞夫也將一條絲巾放在謝立婷手上，謝立婷拿著這條絲巾綁住凌亂的長髮，張亞夫看著謝立婷，Akin看著Hopa，時空不同，地點一樣，如夢如幻般的景色在冉冉而上的香爐煙火中慢慢浮現。「你在看什麼？」謝立婷問。「你戴上這條絲巾很好看。」張亞夫說。「嗯。」謝立婷撫摸了一下長髮，「這條絲巾讓我想到Ta a ta ai u。」張亞夫說。「是嗎？」謝立婷說。「不管什麼時代的人都會有裝飾的飾品出現。」張亞夫說。「可是，Ta a ta ai u不是以前的人的挽手飾品嗎？」謝立婷說。「是沒錯，那時候靠著自己的雙手編織一條Ta a ta ai u當作飾品，現在不同了，垂手可得的飾品就不珍惜了。」張亞夫說。謝立婷摸著垂下的絲巾，低頭不語，張亞夫看著四周和往來的香客，「怎麼了？有心事？」張亞夫看著謝立婷說。沿著這條路走，路過的行人不畏寒風在忙碌的車道上行走，Akin和Hopa在天空裡看著張亞夫和謝立婷，七彩霓虹燈就像河上發出的亮光照映著他們。Pourompon還是很繁忙的地方。

在基隆火車站的天橋上仰望港口，這個港口從以前到現在都隱藏著一股特殊的力量，而，這個力量從未消失過，這個港依舊忙碌如過去，這裡的商船依然包含著來自大海的商船，遠望著港口，微微冷風，張亞夫深嘆一口氣，「你在嘆氣？」謝立婷說。「沒什麼。」張亞夫目光從港口轉向謝立婷。「這附近商家真不少，繁榮真快。」謝立婷說。「原本山坡上荒蕪一片變成了我們的生活重心。」張亞夫說。天橋下的道路熙來人往的穿梭著。

「走，快到了。」Akin跑到港口邊一個小山丘上，Hopa跟著Akin也來到這小山丘，「你看，那就是平戶商人和San salvado人的船，他們都在這港口交易買賣，村民有的時候會駕著舢舨船從北內港到這裡來作買賣，跟這裡的商人。」Akin說。「你說他們是平戶商人，還有明朝商人？」Hopa說。「嗯。」Akin一一望著港口向Hopa說什麼服裝是什麼商人，看著、看著，天空裡的太陽也漸漸落入在海面上，港口彷彿多了一道炫染的光芒，這被染暈的光輝正從海上延伸到港口來，孤單的舢舨船即將隨著黑夜來臨前的光芒順著河流回到北內港……。

中正公園下的市區漸漸被炫暈的夕陽遮住，這港口結束了吵雜的喧鬧，恢復了黑夜的平靜，假如還有一絲留戀，那將會是什麼？謝立婷和張亞夫趁著微光眺望著迷濛的港口留戀一下。「剛才你說港口外有個島，是基隆人最先居住的島，那裏的人最先和平戶商人做生意。後來才有San salvsdo商人來到基隆港。」謝立婷邊走邊說。張亞夫停下腳步，「那是和平島，也就是Plam island。」張亞夫說。「我們去看看好嗎？」謝立婷說。「明天，現在很晚了。」張亞夫說。Akin和Hopa在Ki bu ka bu ka n的天空俯望著他們，似乎也見到了來自平戶商人和明朝商人正在Ki bu ka bu ka n交易著。這條河曾經忙碌過，只是高架橋下的基隆河是否還有一絲回憶在心頭，Akin和Hopa努力灑下港口的炫光在謝立婷和張亞夫的睡夢中。炫紅的海面閃閃發光，炫紅的天空在燃燒著，當注入銀色天空時充滿神話的傳說：Plam island有一群每天靠著陽光在過日子的Kietangerng村民，黃昏的海上潔亮透明，刺客打破了這個島上的幸福，將村民殺害，害怕刺客傷害家人，村民就在ki bu ka bu ka n設下圈套使其喪命，刺客終於臣服，在這個島上成立村莊——San salvado城，也就是後來在滄水港建立San domingo城堡的人，他們和Busay村民一起和海上來的海盜打戰，從平戶商人到明朝商人，這個島一直都是沉靜又不寧靜，Akin告訴Hopa說：「當時從Ki bu ka bu ka n到這Plam island生活的村民，只要白天就可以了，在海邊垂釣，夜晚休閒歌唱，大批的魚蝦吃不完，又從山上打獵回來的鹿肉變成了海盜最好的商品。」「真的嗎？」Hopa驚呀地說。從海上就可以看見天邊的亮光出現，景色怡人美麗，清澈的海底可以看見很多藻食和魚，山林小路，清鳥高唱，合旋共鳴，再也找不出任何一種音樂比海水、鳥鳴、激流、獸鳴更激昂、柔婉的合奏聲……，在海風的吹襲下，謝立婷彷彿看見了藏在礁岩底下的秘密。

現在的Plam island已經變成了和平島，基隆市的一部份，在公路相遇的情況下，只剩下出海捕魚的漁船了，過去那個駕著舢舨船的漁夫已經不存在了。「這裡的海真的很清澈。」謝立婷突然緊縮一下外套，「會冷喔。」張亞夫說。「那是基隆嶼嗎？」謝立婷看著遠方一處島嶼說。「是，島上的人也變少了。」張亞夫說。「變少也是正常的，現在已經沒有人開舢舨船載貨了，都變成遊艇了。」謝立婷說。「這裡風很大，換個地方。」張亞夫離開海岸邊。Plam island是Akin和Hopa一直守護的家園，和平島居民也是一直守護著這千年以來屬於自己的一個生活空間。張亞夫在街道上買了兩杯熱飲，兩人在路邊休閒椅上坐著。「港口依然存在，只是存在的人換了面貌而已。」張亞夫說。這條河從北內港到這裡運載了多少血淚史，從平戶商人，明朝商人，現在多了好多商人，Ki bu ka bu ka n一樣成為港口的貨物集散地，不同的是這些貨物已經不再由北內港運送過來，而是直接在高架橋下來。謝立婷站在向晚的堤防，夕陽依然落入海底發出亮眼的光芒，在亮麗的雲層反射在海面上的水紋中，只是少了一份驚醒而已。

Akin把Ta a ta ai u給Hopa戴上，在夕陽照射下的沙灘上，數不清的海上水紋漸行漸近地過來，為了一生的承諾和允諾，這Ta a ta ai u將埋葬在腳下，當海水沖蝕的那一刻，湮滅了，消失了……。謝立婷把張亞夫嚇到了，吹到海風，感冒加重，昏倒了，從醫院裡走出來，只看見一張蒼白的臉，身體的虛弱支撐的是意志力，謝立婷緩緩的步伐靠近張亞夫，「沒事的。」謝立婷無力的說。「回去多休息，這次感冒流行很嚴重。」張亞夫說。低著頭泛著一張蒼白的臉看著張亞夫，謝立婷沒有說一句話。Akin陪著Hopa離開港口回家，張亞夫陪著謝立婷離開醫院。在醫院的長廊謝立婷望了張亞夫一眼，然後說：「沒想到還是讓你擔心我了。」張亞夫愧疚的語氣說：「這都要怪我啦！這麼寒冷的天氣還要帶你陪著我去和平島。」「這也不能全怪你，如果不是我貪玩，你怎麼會陪我去？」謝立婷擠出一點笑容。從醫院的長廊走到停車場……。

Akin站在河堤上的石頭旁對Hopa說：「你看，那邊就是我常常拿著鹿肉乾和草鞋去賣的地方。「咦？港口嗎？那邊好熱鬧。」Hopa驚呀地說。「是啊，那裏交換的貨品都會拿到我們的村裡的市集去賣。」Akin說。「是嗎？像這個嗎？」Hopa從口袋裡拿出一個粉盒說。「對，除了粉盒，還有我們在屋裡用的、穿的、吃的。」Akin說。空蕩蕩的天空灑落了幾顆星星，灑落幾顆流星，

「咦？是流星，看到流星，有人說會發生不好的事情。」Hopa黯淡地說。「像這樣的夜晚，星星多著呢，流星算什麼。」Akin說。「是嗎？流星不是很常見的嗎？」Hopa說。「話是沒錯，族老不是也說過以前在神古時代有很多星星掉下來嗎？而且那時候天空像爆炸一樣，火焰四射的光芒，村裡的人都知道這件事。」Akin說。「可是，我還是覺得……流星……不怎好。」Hopa糾結的一顆心，雙手按捺胸口，仰望天空。Akin不停地看著她，那憂傷的表情讓Akin每看一次心疼一次，每次出獵的時候都是冒著生命危險，為什麼好日子也都冒險在海上和海盜做生意，平戶商人漸漸地來到這條河上定居，明朝商人也因為明朝皇帝實施海禁政策，也讓一些在海上活動的商人瞬間變成了海盜，平戶商人和北內港的商人都變成了倭寇及海盜了。實在有點不懂，在海上做生意有什麼不一樣？難道一定要像明朝商人一樣騎馬載貨才是在做生意嗎？「你說倭寇？」Hopa輕問一句。「是啊，把我們當成倭寇跟海盜。」Akin說。「他們一定沒看過海也沒坐過船吧？」Hopa說。「咦？」Akin納悶。「看過大海的人就知道船。」Hopa說。沉默許久，河上的星光隨著河水波動，「好美。」Hopa說。

「什麼？」Akin說。「你看這天上的星星除了在天空裡閃著，到了河水就像活著的星星跳動著。」Hopa指的河水說。「大海更美，更漂亮，尤其是彩霞舖滿了天空。」Akin說。「你是說太陽下山的時候的天空嗎？」Hopa說。「是啊，胭紅的亮光就像你透紅的臉頰一樣，那樣讓人著迷。」Akin說。Hopa羞怯地看著河面。「我聽從海上來的平戶商人和San dormingo商人說，明朝商人因為不滿自己的皇帝任由作官的玩弄政權，導致人民生活困苦。」Akin說。「怎麼會？明朝不是大國嗎？和平戶商人一樣的大國嗎？」Hopa說。「大國有什麼用？聽說生活在大國裡的人很不自由，處處有人看著。」Akin說。「嗯？這是什麼意思？」Hopa說「明朝商人不能跟我們做生意，要不就是偷偷地做，被抓到了就會被殺死，所以為什麼有那麼多從海上來的明朝商人寧願當海盜也不願意回去。」Akin說。「原來是這樣，難怪這裡有好多商人要住下來。」Hopa說。「是啊，像你一樣這麼美麗，搞不好也會被商人看中，跟他們挽手呢。」Akin說。「咦？」Hopa疑了一下。「聽說這些商人帶了很多金銀珠飾，可以讓女人做很多Ta a ta ai u送給自己心愛的人。」Akin說。「雖然是這樣，Akin你會離開我嗎？」Hopa說。Akin牽起Hopa的手，河面上依然是星光閃動著，搖晃著光點……。

「你又再想什麼？」張亞夫看著謝立婷，謝立婷沒有說話，打開車門，進了車內，當張亞夫發動車子之前說：「沒有想到這次重感冒把你的頭給燒壞了。」兩個人都笑了。「對呀，就是要這樣笑的才好看。」張亞夫說。謝立婷依然微微笑著，胭脂紅般的太陽灑在道路上，灑在路邊的車頂上，透亮的光芒從車窗斜射進來，灑在謝立婷的臉上，透著亮麗的光采贏得了最美的時光。

淡水老街正在忙碌的招呼客人，上班的，閒聊的，觀光的，散步的，站在輝煌燈光的漁人碼頭，橋上擠滿了人潮，港口排滿了渡輪，排隊上船的觀光客帶著歡喜的笑容，滿溢的知足回家。張亞夫從眺望的遠處海面，轉向近望的謝立婷，謝立婷靜默地望著來回不斷在橋上的人潮以及那穿梭在海上的渡輪，漸近漸遠，漸遠漸近，微風冷吹一下，謝立婷拉起衣領，微微顫抖一下，張亞夫將手跨過她的肩，摟在懷裡，笑了，笑得很美，像夜裡的天空，也像夕陽的海面，漁人碼頭在現代燈光的幻彩下變化出夕陽的輝煌亮麗，總是少了那麼一點感動而已……。

跑、跑，快到了，Akin拉著Hopa在河邊小山丘上努力的追跑著，沿路的荊棘草地劃破了腳上的傷痕，流血的裂痕被草地上隨手一摘捏碎的藥草敷在傷口上，繼續前進。在一個大石頭上，Akin 喘了一口氣說：「就是這裡，這裡看得很清楚，每個排隊上船的村民。」「咦？」Hopa 輕回一句。船上的炮火是來攻擊其他人的船，為保護船上的物資順利載到自己的家園，南內港的外海時常點起火花燃燒在海面上和夕陽燃燒在天空的火焰鋪滿大地。Akin 和 Hopa 坐在大石頭上凝望著海，「你知道嗎，每次聽到有人說平戶商人來了，我都會爬到這裡來看看海，這裡有樹木擋著，草叢繁茂，不會被發現。」Akin 說。『為什麼是平戶商人？」Hopa 說。「因為平戶商人來和村民做生意的時候，總會遇到明朝商人人和 Provintia 人和 San domingo 人，這些人在海上難免會看不順眼打起來，大炮煙火四起，震動海水，連河岸都被淹沒了。」Akin 說。「這麼可怕。」Hopa 驚慌一下。滬水港曾經是一片沙灘，在南內港日漸受到上流河川的衝擊，使得港口從南內港向外延伸，形成滬水港，從北內港到南內港這一條河上讓許多人充滿生活的希望，就像現在的淡水老街一樣充滿每一個人的希望。「想坐渡輪嗎？」張亞夫說。「那你的車子怎麼辦？」謝立婷說。「車子？」張亞夫疑惑了一下，謝立婷笑了，原來兩個人是搭乘便捷的捷運來到淡水車站，現在坐渡輪只是開心而已，也無法回到過去以坐船為交通工具的生活。

站在三峽老街，商業氣息濃厚，這不是意味著這裡的商業一直都是繁茂的，「清水祖師廟歷史很久了。」謝立婷站在廟埕上說。「進去參拜一下吧！」張亞夫說。兩個人隨著信眾入廟，手拈著香，心裡默禱，說出心願也說出心事，不管靈不靈，只見大多數信眾帶著滿溢的笑容離開。從忙碌的街道中，這裡真的是商業貿易重鎮。「想不到祖師爺真的有保佑居民。」謝立婷說。「咦？」張亞夫看著她。在廟裡逛了一圈，謝立婷被煙薰的淚水直飆，「休息一下吧！」張亞夫說。「那個石壁上寫著 Takoham 是什麼意思？」謝立婷說。「Takoham 跟Baulauan和三峽這地方有什麼關係？」謝立婷又繼續說。「Takoham 這條河沿著北內港到Baulauan進入 Takoham 村落，都有舢舨船的進出。」張亞夫說。「舢舨船？這條河流很大喔？」謝立婷說。「好奇寶寶，不要問太多，要不要喝點什麼？」張亞夫望著廟口的飲料攤，遊客匆匆忙忙，一個接一個從眼前走過。

河面上的船隻不斷來往著，河岸上有種植農作物，在汲水容易的情況下，村民很快地在自己的土地上建立家園。夜晚的星空黯淡無光，只有河面上照出心底的事，Hopa一個人獨坐在河邊，聽著水流聲，在白天所發生的煩心事也就舒開了許多，「一個人在這不怕遇見海盜嗎？」Akin從背後傳出這句話。Hopa看了他一眼。Akin走過來坐在他旁邊，「海盜？不就是商人嗎？」Hopa說。「不，海盜是海盜，海盜是專門在海上搶人的東西。」Akin說。有一天山崩河裂時，天邊出現的那一道夕陽漸漸染紅流入河面，海水擾亂了大鵰鷹的心……，向晚的胭脂在河面上也漸漸被黑色雲層掩飾下來，在海灘上留下一對腳印……。「三峽有夕陽嗎？」謝立婷說。張亞夫笑笑地看著她，兩人在街道上慢步行走，在Takoham的街上留下一個很深的記憶……。

經過數月之久，謝立婷再次來到浮洲橋，俯瞰著河面，早已不再是舢舨船的聚集地，高架橋像蜘蛛網般纏繞著河床，人們再也親近不了河水，仰望著天空的夕陽不再從雲朵泛黃、紅、亮白的絢爛光彩延伸至河床上，謝立婷拿出鏡子整理頭髮，那胭脂燦爛的湖水就像消失在鏡子裡面的夢……。Akin和Hopa在鏡子裡面微笑地看著謝立婷，鏡子裡浮現這潛藏幾千年的胭紅湖水……。

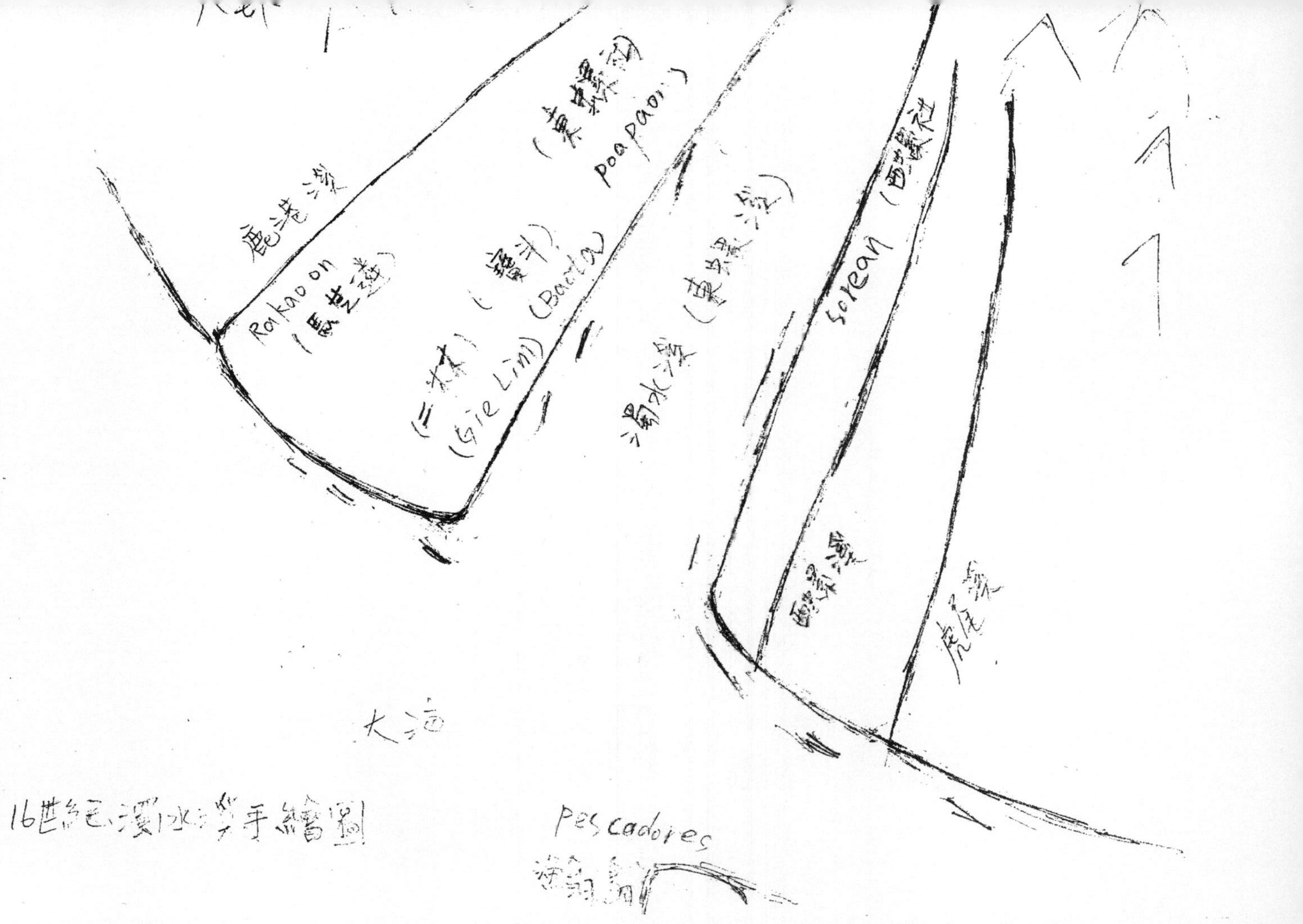
鹿港溪
Rakaoon
(二林)
(Gie Lim)
Bacla
poapaon
濁水溪
Sorean
西螺溪
虎尾溪
大海
Pescadores
澎湖島

16世紀澎湖水手繪圖

02

濁水溪畔的珊瑚城

迷濛的陽光慵懶地照在陽台上，過一會灰濛濛的雲層籠罩整個天空，謝立婷忙著收拾窗檯上的衣物，邊收衣服邊說：「等一會要下大雨了。」說完之後，果真一陣怪風吹起，天邊響起一陣大雷，新聞報導說：「麥寮工業區正在大火延燒，整個村莊的居民夜不成眠。」想來真的是水火無情，謝立婷以不變的姿勢拿起瓶裝水喝了一口，坐在一旁的張亞夫正在懷想：「來了，來了，在大海中有一艘船起火了，慢慢要沉了，有人跳船，有人被救。大船在海上碰上了海盜搶奪，放火燒船，村民見機撈一筆，救人者得一些財銀買物資……來了，來了，大砲、槍、刀齊飛……。」「你怎麼了？」謝立婷看著專注的張亞夫，喊了幾聲，才有了回應張亞夫傻楞楞地看著謝立婷。「你也在玩線上遊戲。」謝立婷說。張亞夫回神，轉頭輕瞄一眼謝立婷，又繼續玩。「偶而玩一下，紓解工作壓力。」張亞夫說。「最好是紓解壓力啦！」謝立婷說。「是的，沒錯。」張亞夫說。「麥寮大火濃煙越來越多了。」謝立婷說。「濃煙散不去就糟糕了。」張亞夫說。「會引起空氣汙染。」謝立婷說。「是啊，環境也會受到汙染，真是好事多磨的海洋。」張亞夫說。「你這話什麼意思？」謝立婷不解地問。沉默許久時間。

「在很久以前那裏曾經是一片海洋。」張亞夫說。「咦?什麼意思?」謝立婷猶疑了一下。「是一個很美麗的海洋。」張亞夫說。「那工業區又是怎麼說?」謝立婷說。「好奇寶寶,知道太多會神經衰弱。」張亞夫說。謝立婷看著張亞夫說:「每次都這樣吊人家胃口。」張亞夫笑笑……。「濁水溪不就只剩下西螺米嗎?」謝立婷說。張亞夫笑笑看著她。「濁水溪還有什麼祕密?」謝立婷說。「連你也無法相信的秘密。」張亞夫說。「那可要好好了解一下濁水溪。」謝立婷說。「這個嘛!我們就先從Rokau an開始說起好了。」張亞夫說。「濁水溪跟Rokau an也有關係喔?」謝立婷說。「Rokau an還曾經是濁水溪的出海口呢。」停頓一下。「你懷疑濁水溪流經Rokau an是正常的。」張亞夫繼續說。「咦?」謝立婷狐疑了一下。「在過去的濁水溪沒什麼分野。」張亞夫說。謝立婷看了一下時間說:「你該回家了,等去鹿港玩的時候再說。」「對喔,雨停了。」張亞夫說。兩個人一前一後下樓,大雨並沒有讓忙碌停歇,眼看著那都市忙碌的身影在車流中穿梭,張亞夫看見一群正在往來頻繁的市集中交易著各種商品的商人並沒有隨著時空的轉變而消失。

濁水溪旁的村民無論何時都會和外來的商人交易，往來頻繁這條河上，河流上魚群齊飛像觀瀑布一樣傾瀉而下，在耀眼的夕陽滲透著魚鱗的光輝。「這就是濁水溪的美。」張亞夫說。物產多樣的濁水溪是謝立婷想像不到的，除了飛躍的魚群，濁水溪海域還另外隱藏著鮮少人知的秘密……。

沿著海岸沙灘，這裡的風景美極了，白色的菁鹽草，點點紅花的綠葉草，沿著草灘走，這一片美麗海景像極了人間仙境，Tawo 和 Siro 放下舢舨船在沙灘上停駐，兩人都望向正在看著海的 Ama 的背影，「大海上的珊瑚也有如此纖纖女子。」Siro 說。「你說什麼？」Tawo 說。「我不相信你不會動心。」Siro 說。「像海一樣的女子，柔弱又這般堅韌。」Tawo 說。「是啊，聽說她每次都會在這海岸邊替出海捕獵的村民祈禱。」Siro 說。「叫什麼名字，你知道嗎？」Tawo 說。「你自己去問她。」Siro 說。Tawo 遲疑了一會。一動也不動地看著大海的 Ama 突然被一陣風掀起跌倒在沙灘上，Tawo 立刻向前扶著她，「沒事吧？」Tawo 說。Ama 看著 Tawo 和 Siro，Ama 站直了身子，「你好，我叫 Ama。」Ama 自我介紹了一下。「我叫 Siro，他是 Tawo。」Siro 忙介紹說。Ama看了Tawo一眼，又看Siro，三個人沒有說話，只得在沙灘的岩石上坐著。「我喜歡看著海，每次當我心裡煩悶的時候，來這裡就變得舒坦了。」Ama說。「你不是在為出海的村民祈禱喔？」Siro說。Tawo瞪了Siro一眼，「說什麼？」Tawo說。「也是有啦！聽村民說這個海越來越不平靜了。」Ama說。「咦？不平靜。」Siro說。「從Plam island的Kietangerng的村民常常在海上和海盜發生戰爭。」Ama說。「真的啊？」Siro說。只見Tawo靜靜地在沙地上用樹枝畫了又畫，「你倒說說話啊！」Siro說。Tawo用腳踩過剛才畫過的沙地，「Ama說得沒錯，我也聽過村民說平戶商人在Pescadores一帶的海域和明朝海盜發生爭奪。」Tawo說。「這樣喔……。」Siro說。「聽說海裡面有很多村民和海盜的屍體，屍體都被大魚吃掉了。」Ama說。「被大魚吃掉？」Siro說。亮麗的沙灘留下三個人的影子，長長的影子從海邊掛在礁岩上，站在海濱上的蒲鹽草，在大海沖刷下更是亮白無比，吸取太陽的精華，這樣的精華足以在蒲鹽菁的培育下蘊育出一道美味食物。在沙灘上的草地潛藏著一份最珍貴的且忙碌的生活，從草地裡看著海上商人的交易總是留下一道血淋淋的傷痕……。

Rokau an的濱海像一道城牆攻也攻不破，躲在城牆內的村民聽得海浪聲，卻看不見大海。一群在外海上交易的商人有海盜的打鬥聲，平戶商人沿著澹水港的海岸線來到Rokau an這裡做生意，平戶商人在海上與San domingo人、明朝商人發生械鬥，海上砲火四射，Rokau an村民在海岸礁岩上四目觀望這個海上奇景，從山坡上遠眺海上的火光四處飛濺，這一夜，這一天不眠不休的海上炮火，村民得知之後就遠離海上交戰區，這時通常都是村民回到海岸礁岩休息的時刻。幾乎已經是半新舊的城牆也不足以說明Rokau an是一個河港，說這裡曾經有沙灘逐浪捕魚的海港，假如這些時間可以回到過去，該回去哪一個時間點呢？就這樣謝立婷開始說：「從這裡的港口一直延伸到Pescadores海域嗎？」「這裡的大海蘊藏著無限寶藏和秘密。」張亞夫說。

當Tawo和Siro從Gie lim駕著舢舨船到Rokau an時，閃閃動人的海面上有著讓人心動的一刻，紅色海面照映在海面下的Sanga，閃亮發光著，伴隨著外型奇特的魚追逐著，從遠處海底漂流而來的花蝦和魚群，這樣的一天過得既充實又實在也快活，Tawo有時會選擇在這裡靠岸，船在沙灘上停靠，雙腿撲通地跳入海中尋找自己的夢想，Tawo 的夢想是什麼？潛入海中和大量珊瑚交朋友，就這樣 Tawo 得到了珊瑚的眾多好友，魚、蝦、蟹、赤蟲……，蜉蝣等海底生物。Tawo 把 Sanga 的秘密告訴 Siro，Siro 帶著一份新鮮好奇的心跟著 Tawo 一同游海底，兩個悠游自在的陸地人瞬間變成海中蛟龍，海底的花花世界閃閃動人和山坡上的花草與鹿群世界相擬是有過之而無不及的天堂仙境。Tawo 對 Siro 說：「總以為山林之美是天神的恩賜，想不到海洋之豔卻是海神的恩賜。」Siro 看著 Tawo 之後說：「是啊，天神、海神多麼照顧我們。」兩個人坐在海岸沙灘上這樣對話著。海浪聲交雜著打鬥聲，珊瑚也因為海水染紅而變紅，遍地海盜的屍身也成了大量魚群的食物，Tawo 和 Siro 眼看平戶商人和明朝商人，以及 Sandomingo 人、Provintia 人在這一大片海域廝殺著，無非是想和村民爭奪這塊海神之恩典以及天神之恩賜的禮物。每次村民看到為了得到更多 Sanga 資源的海盜商人從外面運來的金銀珠寶首飾和錦綢布緞讓村民出賣自己的靈魂，出賣自己的家園，Tawo 心裡無比感慨。「有一天天神會動怒，海神會懲罰的。」Tawo 這麼說。「那也是要等很久了。」Siro 說。「我記得族老曾說過大地曾裂開過，海曾經掀起大浪淹沒村莊。」Tawo 說。「我也記得天神還在這裡的時候，村民因為怒觸了天神，天神就大刀一砍，把山林砍成兩半。」Siro 說。「是啊，這裡一帶的沙洲就是當時被天神砍破所留下來的土地。」Tawo 說。Tawo 起身看著海面，海面上金黃澄澄的波浪，天神在天堂灑下多樣色彩的金粉，「該回家了。」Tawo 說。重新站在舢舨船上扶起篙，「哇，好美呀！」Siro 的一聲尖叫驚醒了 Tawo。「咦？什麼？」Tawo 說。「你看這一片海域紅的發亮配合著天空的色彩，天神還是沒有忘記給我們最好的。」Siro 說。「是啊，天神沒有忘記我們，而且跟海神一起創造美景給我們。」Tawo 說。當 Tawo 和 Siro 的舢舨船越過了 Rokau an 海域和 Gie lim 海域，甚至到達 Chaccam 海域，村民天天過著無憂無慮的生活，可說是豐衣足食的不受干擾，在天神與海神的保護中，村民度過了仙境般的生活。有一天，村民仰望天空的時候，海神變了臉，海盜商船集結在海上打鬥，遍地是海盜的屍身染紅了海水的血浸漬了珊瑚，因為村民與海盜的貪婪改變了海的顏色，海神動怒了……。

「海神動怒了。」謝立婷突然冒出這句話，驚嚇了旁邊的旅客。「怎麼了？」張亞夫說。看著街道上的路人和旅客，謝立婷不覺傻笑起來，兩個人都笑了。傻傻地也不知道在笑什麼，人來人往的車道不僅說明了時代的變更，並沒有讓生活改變。「濁水溪是一個珊瑚海域非常充沛的河流，因為人們貪婪的心毀了珊瑚海域。」張亞夫說。「是天神和海神對村民的懲罰嗎？」謝立婷說。張亞夫呆望著謝立婷的對話。謝立婷傻楞楞的望著這一片珊瑚海域。Tawo 說出海神動怒的始末，海神看到了太多海盜的屍身汙染海面，於是告訴了天神，天神命令山神將河流改變以懲治村民的無知和海盜的貪心。Tawo 和 Siro 在山林裡追著野鹿奔跑，一隻野鹿的皮可以作一件衣裳，可是 Tawo 卻將它賣給海盜商人，在海邊交易鹿皮換來的錦綢布緞。Tawo 和 Siro 看見了這麼漂亮的衣飾怎能不動心，這也是 Tawo 和 Siro 為了給 Ama 更好的生活，卻引來了更多海盜商人入侵這港口，平戶商人，明朝商人陸陸續續自北內港過來……。當Twao和 Siro 追逐著明朝商人的戎克船，禁止他在海上交易，因此發生了激烈打鬥……，跳海求生的本能……。看著謝立婷發出傻笑聲，張亞夫說：「你又想到什麼？」謝立婷雙手甩甩地說：「你是說這一片海域是濁水溪海域嗎？」張亞夫搖搖頭，別說張亞夫不懂，誰能猜得透謝立婷在想什麼？謝立婷看見站在海岸礁岩上俯瞰海底的Tawo和Siro正在想著珊瑚美妙的手姿引領著海洋變化出生命的曼妙風采。

正在鹿港參觀的一群旅客高興地談論著解說員對旅客詳述著隘門的過往和歷史，張亞夫和謝立婷徐行緩進的沿著隘門走，望著那一排看起來新新舊舊的城牆牌樓，狹小的街道，高低不齊的矮房和破碎雜亂的磚瓦，橫枝亂長的綠木枝枒，家戶門前擺滿了雜貨，儼然成了一排市集小攤，觀光客不再是觀光客，謝立婷腦海中出現一個畫面……。

Tawo和Siro帶著Ama翻山越嶺來到海岸邊看海盜船，「到了，就是這裡，坐在這裡就可以看見全部的海。」Tawo說。「是啊，海盜如果爬進來就立刻躲進後面的樹叢裡。」Siro說。「聽起來很好玩的樣子。」Ama臉上帶著笑容說著。三個人都笑了，遠眺著海面，那忽遠忽近的海盜船，炮火不斷，有人被追殺，有人在跳船，海面上紅色光跡印染了海面下的珊瑚及水藻。「在這裡吹著海風特別涼爽。」Ama突然冒出這句話。讓Tawo和Siro對她看了一眼，「不過，這也很容易著風寒的。」Tawo說。「以前我也曾聽村民說從村裡的市集爬過山坡就可以看見海，沒想到這是真的。」Ama說。「你看，從這裡望過去是Gie lim，那邊看過去是Rokau an，我跟Siro常常在山裡打獵的時候都會在這裡休息，順便看看海上的夕陽。」Tawo說。「是啊，這座山風景真的很美，野獸亂奔，飛鳥齊飛，百花爭艷，大海裡面的東西才是最美麗的，讓人一輩子也忘不了。」Siro說。「海裡面？」Ama帶著疑問說。海盜船漸行漸遠，漸遠漸行，忽然一陣風吹來，颯颯蕭瑟吹得Ama的心顫抖了一下，Tawo看了Ama一眼說：「冷嗎？」Ama揪著身子點頭，Tawo將自己身上一條布巾給Ama披上，「好想去海裡面看看喔。」Ama說。「咦？」Siro發出輕聲。海盜船上的商人不斷地靠近港灣或在近海岸與村民做交易，村民眼看著平戶商人和明朝商人以及San domingo人和Provintia人在海上交鋒纏鬥，不知所措，由於明朝皇帝有海禁，所以這些明朝商人都回不去了，於是就漂流在海上，或是上岸搶奪村民的土地和村民一起生活。「海禁？」Siro說。「是的，因為海禁的關係，所以明朝皇帝都把這些在海上做生意的商人當作是海盜，你知道嗎，平戶商人還被說成是倭寇呢。」Tawo說。「海盜？倭寇？明朝皇帝一定不知道什麼是海才會這樣說。」Siro說。「哇——哇——出來了，太陽出來了。」Ama說。「那是夕陽。」Tawo說。夕陽就像夢彩一般的雲倒映在海面上，海像夢一樣的發亮著……。「該回去了，天黑以前要下山，不然山路難走又會迷路。」Tawo說。「搞不好還會碰上野狼出來吃人喔！」Siro說。「什麼？野狼？」Ama說。Tawo和Siro笑了，「你們還笑得出來。」Ama有點生氣地說。「放心，現在下山就不會遇見野狼，說不定我還可以打一隻野鹿回家呢。」Tawo說。「真的？」Ama說。「那當然。」Siro說。三個人順著夕陽照在山坡的餘暉下山了，這條山路彷彿都靜下來了，颯颯風聲，鳥叫蟲鳴，雜草，樹木都靜下來休息了，只有天上幾許露出來的星光照著Tawo三人一起下山回到村落。

「好美喲！你不帶我來看，我還真不知道鹿港也有這麼好看的夕陽美景。」謝立婷對著張亞夫說。張亞夫擺出傻笑表情，身旁的觀光客被他們的舉動逗笑了。「其實只要在海岸邊看的夕陽都是一樣美的。」張亞夫說。謝立婷搖頭輕嘆一會。「大家以為只有淡水河才有夕陽，其實濁水溪的夕陽美景才可觀。」謝立婷說。「其實應該說只要靠海看的夕陽都很美。」張亞夫說。「是啊，當熟紅透頂的夕陽落入海面的那一刻，喔！不，應該說是當夕陽還在天空的時候，海面上卻出現了另外一個夕陽的絕妙美景。」謝立婷說。「從 Rokau an 望出的海域，這一片海景亮麗無比。」張亞夫說。「海域？從濁水溪到這裡的沿岸海景，這裡跟濁水溪真的有關聯嗎？」謝立婷說。張亞夫笑笑沒有回答，「現在要去哪裡？」謝立婷說。「去二林。」張亞夫說。「順道欣賞一下海岸風景，到濁水溪真正的故鄉。」張亞夫看著謝立婷說，謝立婷張望著車外，遙思亂想了起來……。順著這條濱海公路享受著海風的吹襲，謝立婷坐在張亞夫的車上，彷彿看到了 Tawo 和 Siro 的舢舨船正在追逐她所乘坐的這艘戎克船。戎克船開得越快，Tawo 的舢舨船也追得越快，一路上始終沉默的謝立婷開口說了：「這裡看起來很平，沒有什麼山坡。」「你怎麼一路上這麼安靜了？又想到什麼了？」張亞夫說。謝立婷傻笑地看著張亞夫，沒有說話。望著窗外的謝立婷想著：滄海桑田大概就是這個樣子，行經在一邊是海、一邊是陸地的濱海公路上，誰能想像這裡原本是一片海盜追逐的地方。謝立婷昏睡的眼神突然看見 Tawo 和 Siro 的舢舨船正從遠處逼近而來……。「那是要進港的漁船。」張亞夫說。「漁船？」謝立婷輕回一句。「我們快要到二林了。」張亞夫說。「這麼快……。」謝立婷揉揉昏睡的雙眼，不一會又繼續說：「剛剛好是夕陽正落在海平面上。」「是啊，兩個太陽變成一個太陽。」張亞夫說。謝立婷發現車窗外的Tawo和Siro並沒有離開他們，緊跟著他們，舢舨船靠近港口，留下夜的一片寂靜，大海依然聞風飄盪掀起波瀾。

今夜就在這裡留宿，整理梳洗之後，謝立婷今晚睡得很香甜，因為有Tawo和Siro守護著她，這樣的守護，出奇不易地做了一個夢……。

順著海流，張亞夫的戎克船和平戶商人的八幡船載滿了貨，生絲，錦緞，鹿皮，酒，眼看著和平戶商人達成的交易，Tawo和Siro也來插上一腳，三方角力在海上和平談判，豈不料正當張亞夫的戎克船要開走時，明朝商人來攪局，Tawo知道平戶商人和明朝商人素來看不太對眼，海上喋血事件時常發生，張亞夫和平戶商人在Tawo及Siro的協助下逃出海域……。來到一座無人的珊瑚礁，只有遇海難的村民在這裡度過……。這座珊瑚礁離村落最近，所以村民常常在捕完魚之後就到這裡休息，這個珊瑚礁岩，村民都叫它是Pescadores。這島上時常有鷗鳥飛過……，白鳥覓食……，張亞夫和平戶商人在礁岩上追逐風速的感覺，不慎落海，落在Tawo和Siro的舢舨船上，遙遙相望Pescadores海域，海盜追逐著他們……。謝立婷搖著頭醒了，「你終於醒來了。」張亞夫說。「你還沒睡？」謝立婷說。張亞夫放下手中的杯子，「看你感覺很累，一進旅館倒頭就睡了。」張亞夫說。「咦？」謝立婷輕嘆一聲。謝立婷起身站了起來，看一下時間，「這麼晚了？我有睡這麼久嗎？」謝立婷說。「嗯，你睡飽了，該我睡了，記得去梳洗一下。」張亞夫說完，倒頭就睡。謝立婷走進浴室之前，看見了Tawo和Siro駕著舢舨船，從窗外遠望而來。

在市集買了一支棒棒糖，童心未泯的在木棧橋上允舔著，張亞夫望著露出笑容的謝立婷吸允著棒棒糖，一邊看著大海，張亞夫和謝立婷兩個人對他們旁邊的遊客目光游移的像漂浮的海水樣。棒棒糖在謝立婷的口中溶化著，空氣裡飄來陣陣海水鹹味……。

快、快、快到Pescadores沙灘了，Tawo和Siro駕著舢舨船和一同前來打魚的村民下海撈魚，Pescadores海域有很多豐富的海藻食物，魚類也很豐富，海底的世界更是讓人留戀不已，流連忘返。不好了，海盜來了，村民們爭相走告著，在礁岩上休息的人突然被驚醒，Tawo用手揉揉睡眼說：「發生什麼事？Siro。」「好像是看見海盜了。」Siro說。「海盜有過來嗎？」Tawo說。「沒有，從遠方疾駛而過，像逃跑似的。」Siro說。「逃跑？那一定是明朝商人的戎克船，被官兵追趕到海上來。」Tawo說。「官兵？是做什麼的？連我們做點小生意也要管。」Siro說。「真正的意思，不太懂，反正就是做生意還要納稅，給這些官兵錢，然後這些官兵就會保護大家的財產。」Tawo說。「可是，不對呀，既然納稅是要保護明朝商人，那麼幹嘛官兵還要追趕他們？」Siro說。「那是因為明朝官員不允許明朝商人和平戶商人、Provintia人做生意，所以才會懲罰他們了。」Tawo說。「不准跟平戶商人做生意，也不能跟我們做生意嗎？」Siro說。海水打在礁岩上的浪花從海流的航道上出現了，這些漂流在海上的平戶商人、Proviatia人、San domingo人的海盜船始終被明朝官員當作是海盜和倭寇。多麼自大傲慢的一群人啊！Pescadores海域隨著各路海上商人的流竄，礁岩上沾滿了海盜廝殺的血跡，海面上混合著血液，Tawo和Siro就這樣踩過這些血痕再度駕著舢舨船回到 Gie lim 村落，只是這條海路暗潮洶湧的厲害。當天空的夕陽再度灑下海平面時，無比的感動是海水的金黃與豔麗消弭了所有的血痕，在回家的路上，平戶商人和 Tawo 做了一個交易，讓 Tawo 滿載著喜悅而歸。

突然間有幾個說著日語的觀光客經過，驚醒了謝立婷，手中的棒棒糖差一點掉落地面，驚險地拾回，「你怎麼了？」張亞夫看她一眼說。「沒事。」謝立婷突然傻住了。當觀光客看見遠方有漁船進港，大家呼喊了起來。幾艘漁船正在向港口靠近，岸上的人指揮著漁船靠岸，小孩高興地拍手看見漁船，當地居民喜獲鮮魚，遊客爭相採買著。漁船永遠載著喜悅和希望回來，過去如此，現在一樣，未來還是如此。「棒棒糖吃完了，接下來要去哪裡？」謝立婷說。「走吧！回旅館。」張亞夫說。「可是肚子餓了。」謝立婷說。「那去吃飯吧！」張亞夫說。兩個人就這樣離開木棧橋尋找食物去了，海上只留下一堆點點亮的燈火，漁船等待明天繼續航行。

「為什麼每次出來玩，我都覺得好累。」謝立婷脫下外套，放下包包，一股勁地躺在床上說。「那是因為你平時精神太緊繃的關係。」張亞夫說。張亞夫倒了杯水拿在手上說：「喝口水，解解渴，放鬆心情。」謝立婷立刻起身坐在床上接過張亞夫的水杯，「謝謝。」「謝什麼？」張亞夫說完之後又為自己倒了一杯。謝立婷側身將杯子放在桌上，「我好想睡一下。」謝立婷說。「好吧，先放鬆一下精神也好。」張亞夫說。謝立婷沉重的意識裡……。

駕著舢舨船的張亞夫和謝立婷碰上了同樣駕著舢舨船的Tawo和Siro兩個人，當這兩艘靠在海岸邊的舢舨船在海面上浮搖時，謝立婷和張亞夫在海岸邊望著發亮的海底，Tawo和Ama在礁岩岸上採花逐草編織花環，從海上來的商船一艘接著一艘，從上船到下船的貨無不是村民的日常所需，這裡存著一份滿意的知足，平戶商人首先踏上張亞夫的舢舨船，明朝商人正在遠處外海張望著他們這份喜悅，張亞夫和謝立婷從海岸上往海底望，「好美的海底啊！」謝立婷說。「那是珊瑚。」張亞夫說。「珊瑚？」謝立婷說。「珊瑚有這麼美呀！五顏六色，一大片的光采亮麗照亮海底。」謝立婷繼續說。「改天撈個珊瑚給妳做頸圈、頭環，變成珊瑚美人。」張亞夫說。「我要把Ama變成珊瑚美人。」Tawo說。那一排菁草藤和貝殼正在組合著，美而亮麗的珊瑚佇立在海域，在那海上漂泊的海盜船碰上了 Tawo 和 Siro 的舢舨船，載滿珊瑚靠上了岸，然後珊瑚燒成了灰，運送給海盜商人做建材，為村民帶來生活的改善。「珊瑚美人……。」謝立婷驚醒看著張亞夫，「醒了，換我睡了。」張亞夫說。謝立婷傻笑著，看著屋內，然後望著窗外，「記得去沖個澡，放鬆一下。」張亞夫說。「睡著了還能說話。」謝立婷說。Tawo 和 Ama 在窗外正準備敲想張亞夫的夢境。

經過了一夜的休息之後，精神氣爽地站在公園裡，這裡的一草一木，一個石階石椅讓路過的旅人得到充分休息，繼續展開下一個旅程，曾經是填飽肚子的地方，為了躲避飢餓的方法，在公園裡看見從商店裡買來便當的路人，在這綠木相照的公園裡讓自己活下去。張亞夫和謝立婷正在公園裡小販買了兩杯飲料，張亞夫看著謝立婷說：「妳怎麼靜靜地？」「咦？」謝立婷發出輕嘆。

當 Tawo 和 Siro 靠近海岸邊時，決定了船的方向，Tawo 和 Siro 在寬廣的土地上和村民種下稻禾和 Saccarum，親手將收成的稻禾杵作成米，將 Saccarum 製成糖，分享心中的喜悅，這些也是和平戶商人的交易，接著把 Saccarum 陸陸續續和來自北方平戶各地的商人做交易，也由平戶商人中得到了和 Provintia 商人做買賣交易，由於明朝商人跨越海溝買賣，無法回到明朝，只好登上Humosa，在這裡和村民一起生活，就這樣這一群被明朝遺忘在海上的明朝商人被當成了海盜來到這裡生活，因為Humosa這裡變成這些流浪在海上的明朝商人的另外一個家。

飲料喝完，便當也吃完了，謝立婷還是靜靜地沒有說話，張亞夫看了她一眼，「你的眼神是多麼的地憂鬱，叫什麼來著，blue眼神。」張亞夫說。「你說藍眼睛嗎？」謝立婷笑著說。「對嘛！就是要這樣笑，你的笑容很美，不知道嗎？」張亞夫說。藍藍的天空，藍藍的大海，彩色的雲層照映著亮麗的水紋，發出晶瑩的光芒……。

Tawo和Siro及Ama站在海灘上瞭望著大海，有時往樹林奔跑，有時往曠野草地上奔放，追逐著風速的感覺，有時在大海裡追尋未知的夢，編織自己的夢，Tawo和Siro潛入海底搔弄著魚藻，採集鮮豔的花葵和珊瑚，Tawo告訴Siro說要親自下海摘下珊瑚給Ama作珊瑚花環的頭飾，Tawo要把海底的世界真實地告訴Ama，並期待有一天能夠和Ama一起到海底看一看珊瑚的世界，在那裏充滿了仙境般的夢幻生活，美麗的花卉，石頭，鮮魚，海藻，那泛紅的夕陽雲彩垂落在恬靜的海面與海底珊瑚揚起衣袖那般美麗與悠揚。Tawo 和 Siro 駕著舢舨船在港灣裡和眾多村民一樣，背著竹簍出海、進港，背著布包到各個港口做生意，在 Rokau an 與平戶商人交易，在Pescardores海域與 Provintia 商人和明朝商人做生意，船隻一南一北，一來一往地忙碌著，Tawo 看見很多人為了生存而跳海，為了生活不惜犧牲生命，在大海裡和夕陽說再見，和珊瑚說永別。守護一生一世美麗的生命在大海裡結束，Tawo 知道有朝一日生命將奉獻給大海，希望在生命結束時再看一次大海。

看著靜靜沉思的謝立婷，張亞夫對她說：「難得出來玩，幹嘛悶悶不樂？」「咦？」謝立婷輕嘆一句。「等一下要去鹿世界參觀。」張亞夫說。「鹿世界？」謝立婷看著張亞夫說。此時，身邊立刻出現一群在樹叢裡奔跑的野鹿，躲不過村民的竹箭而受傷，Tawo 和村民背著竹箭來回穿梭在樹叢找尋野鹿的蹤跡，Tawo 和 Siro 正在樹叢草地旁搭起火燎，準備豐盛的晚餐……。「這裡已經變成許多學校的教學教材了。」謝立婷說。「現在的鹿已經是豢養的，外銷的商品。」張亞夫說。「現在外銷鹿肉，鹿茸酒還是以日本為大宗。」謝立婷說。

「是啊。」張亞夫輕回一句。「其實不只是鹿肉乾而已，很多這裡的農產品還是以日本出口為大宗。」謝立婷說。看著遊客專注聆聽解說員的解說，「看來日本觀光客對台灣情有獨鍾，不是最近幾年才有的事。」謝立婷說。「不是最近幾年的事，這種話只有你才敢說出來。」張亞夫說。「咦？不是嗎？」謝立婷說。兩人夾在旅客之間行走著。

奔跑在山林野麓之中，夾雜許多山林花草，爭奇鬥艷的花鳥在大地雷響時，只見展翅高飛的大鵬鳥不停的狂叫，隨著海上交鋒的炮火，村民開始感受到日子的不安寧，進出港口的商船越來越多，海底珊瑚也變得越來越詭異，為了抓住瞬間的美麗，村民個個下海撈珊瑚，珊瑚也漸漸失去光芒，悠遊在珊瑚四周的魚藻飛奔似的逃離現場，在岸上搭起火燎，燒起珊瑚，在海盜商人的利誘下村民開始捕獵，出售臘肉商品，在海上的海盜越來越多，炮火越來越猛，村民眼睜睜看著這些海盜商人在海上喋血廝殺，不久就會有一群商人到 Humosa 港口進駐，村民的舢舨船打聽到 Pescadores 海域已經有海盜商人上岸居住了，村民被迫離開港口，翻山越嶺來到陌生的山林定居下來，另組一個村落，從山上眺望，河流上流屍充斥，海上激浪重疊的水紋，平戶商人離開，明朝商人到來，於是在 Gie lim 的海域中交換著幾百人的生命。Tawo 和村民繼續駕著自己的舢舨船在海上作交易，在 Pescadores 海域與 Gie lim 海域之間穿梭不停的村民和 Tawo 偶而會有碰撞到明朝商人和平戶商人，然後潛入紅珊瑚的世界，鮮紅的血染紅了珊瑚，染紅了魚藻，在海上夕陽的照耀下紅的透亮潔白。Tawo 和 Ama 坐在海岸邊的礁岩上聽著村民說著海底的繽紛世界，燦爛如雲彩，Ama 戴著 Tawo 從海底撈上來的珊瑚石所編織的珊瑚環，閃亮磨光的珊瑚石，粉紅又翠綠，Ama 是 Tawo 心中的珊瑚美人，很期待有一天兩人能夠悠遊在海中，倘佯在珊瑚的世界。帶著珊瑚環在樹林裡奔跑、追逐，聽五色鳥、畫眉、斑鳩的合奏交響曲，聽雲豹、獼猴的追擊，聽山豬、野鹿的嘶吼，在稻米田、薯田，鹽田，珊瑚礁岩使每一個村民都有活下去的希望，Tawo 和 Siro 的舢舨船有時候碰上了平戶商人的八幡船、San domingo 人的商船、Provintia 人的軍艦又加上明朝海盜的軍艦，在海上順著海流漂向，有人生存，有人死亡，在海流的順流、逆流中，很多海盜商人都溺水而死。只有村民知道怎樣越過海流存活下來，明朝商人很多不懂海流而沉屍大海中，Tawo和Siro在充滿流屍的海上找到海流的方向，準備回到岸上，從海面上看到急於返回村落的村民，Ama站在輝煌亮麗的海岸邊仰望天空與珊瑚交織的海面等待Tawo和Siro的到來。看到Tawo和Siro駕著舢舨船在大海中搏鬥的情況，閃電交擊的那一刻讓人多麼心急，在岸上等待的Ama糾結著一顆心，好不容易見到了Tawo和Siro，Ama的心如願的放下了。

　　望著那一大片豔陽般的花圃正在享受人們的親近，「這就是田尾公路花園嗎？」謝立婷說。「嗯。」張亞夫輕回一句。在車流滿載的道路上，充斥著忙碌的人們，像驛站中的市集為了生活而奔波。張亞夫遠遠地瞭望著這一大片花圃，徜徉在燦爛陽光的花卉中，用花卉串出花環戴在謝立婷充滿笑容的頭上，笑顏如花醉，笑靨如花癡，這般迷戀，這般癡。

　　Siro及Tawo結束了一天的海上打撈，在岸上休息，河邊飄下花瓣，片片如雪花般的灑落，這般天氣，如夢，如醉，「今天有灑花祭典。」Siro說。「是啊，真是期待。」Tawo說。「難怪你準備這麼多花瓣。」Siro說。「你還不是一樣。」Tawo說。Siro聽得這番話笑了。二人坐在石頭階上看著來往的村民為這個歡樂慶典而忙碌著，這片花海灑下少男少女的真心如同海底珊瑚的亮麗。「原來你們在這裡。」Ama的話讓Tawo及Siro回頭看她，Ama走到Tawo及Siro旁邊，三個人站在一起，「妳來了。」Tawo說。從Tawo手裡接過花環的Ama看著河面上，「海底真的有這麼多采多姿嗎？」Ama說。「是啊，珊瑚散發的美好比夕陽。」Tawo說。Siro看著Tawo將花環戴在Ama頭上也發出會心一笑，「當爬上山坡看雲海和在海邊看夕陽以及在海底看珊瑚，多麼幸福的事！」Tawo說。Siro對於這番話頗認同的點點頭，只是在海上太危險了如同在山上一樣的危險，不小心山豬成了鯨魚和大鷹的晚餐，然而這些潛在危機就這樣吞沒在海上生活的村民，海盜不斷地從海上擁進入侵村民的土地。「海盜？」Ama說。Tawo和村民擺動自己的舢舨船從河面上行駛到海上，海面槍聲真的止不住，槍聲炮火又一響，暗潮洶湧在眼前。Tawo的舢舨船碰上了明朝商人，Tawo和明朝商人在海上打起來，為了搶奪珊瑚不惜流血打架，Tawo用自製的木槍、竹箭擊退明朝商人，明朝商人用炮火打傷Tawo，平戶商人救了Tawo。村民曾經看見平戶商人和明朝商人在海岸邊爭奪村民的鹿皮等物資，明朝商人煽動 Provintia 人在海上與平戶商人起爭執，平戶商人離開，換成明朝商人和 Provintia 人在 Pescadores 海域打架，炮火四射，震動海面。隨著海流躲在海底裡，魚藻、海葵、彩色的魚蝦飛奔似的追逐著，珊瑚顯得奇妙又害怕著。Tawo 和 Siro 透著水流看見珊瑚擺動著衣袖，波動著海水觸動了海底的魚群藻貝，但，海盜的戰爭使水溫改變了水流的變化，珊瑚開始懼怕所有的魚群，一場戰爭從海底魚群開始走了樣，原本和善的魚群變兇惡了，綠藻變黑，蝦蟹狂逃了，珊瑚的家改變了，這一切都從海底的水溫開始，海底的水溫又從海盜的打鬥開始，海底的同伴不見了，海底多了鮮血與腐屍。「看什麼？」Tawo 說。「這山路蜿蜒著海岸開出不少花朵，紅黃綠白鮮豔的很。」Ama 說。一陣雨下過以後，濕潤的山路確實不太好走，不過在空氣裡瀰漫出來的花香讓人精神氣爽，「有時候你們出海，我會一個人在這裡看著這些花草，嗅著花香，聽著水流聲，想像海底的世界。」Ama 說。「是啊！這條路真的很美。」Siro 說。站在山頭遠望……。「你看，那邊就是出海的地方，海盜出沒的地方。」Tawo 說。「可是……，這也是村民交易的港口啊。」Tawo 說。三個人靜靜躺在草地上聞著草香，仰望著天空，乘著白雲而去……。「其實這裡確實真的是一個很好的地方，自從明朝商人來了，四處飄來殺戮的味道。」Siro 說。三個人順著山路走，沿岸花香鳥鳴，獼猴出沒，如果有什麼值得留戀的，無非是 Gie lim 這一片珊瑚海城，令人嚮往。

過去的山與海，如今只剩下一片花海供人玩賞，望著這一畦畦的花田，燦爛又脆綠的花瓣和花梗，人們夾雜其中，笑得多甜美。「你說這一大片花園曾經有稻米種植過？」謝立婷說。「不僅這樣，海岸邊有曬鹽，還有魚干，肉乾在港口作交易。」張亞夫說。謝立婷望著花海，彷彿看見……。

Tawo 和 Siro 背著布包在港口等待商人，這裡進出的商人除了明朝商人還有平戶商人，還有 Provintia 人也從海上和明朝人交易，村民為了和Provuntia人做交易，失去了美麗的珊瑚，從珊瑚中燒出來的白色粉末可以製鹽、製糖，村民將珊瑚粉末賣給 Provintia 人，因為 Provintia 人運往南方建城堡，用商船到 Gie lim 這裡來載貨，城堡的磚頭也是珊瑚燒成的，珊瑚也因此越來越少，也因為如此發生了很多海上喋血事故，為了搶奪珊瑚粉末，平戶商人和 Provintia 人在海上交鋒過，為了能夠保護自己的舢舨船，在岸邊礁岩躲起來，眼看著軍艦不斷地在海上逗留，Tawo告訴Siro說：「這一簍一簍地在港口裝卸珊瑚，有一天珊瑚會慢慢消失，有些心疼。」「珊瑚會消失嗎？」Siro說。「珊瑚越採越多，長得又慢，加上船上的炮火讓海水變了樣，你想珊瑚還能有多少？」Tawo說。突然，一陣風吹過來……，「這裡的花被裝載成一束一束分箱載運，這些花都送去哪裡？」謝立婷冒出這句話說。張亞夫驚訝地看著謝立婷，「這些花都被預訂了，都是送到各大都市裡的鮮花店。」張亞夫說。謝立婷站在充滿白色粉蝶圍繞的花圃裡，展開雙翅盡情飛舞，謝立婷如花般的燦爛笑容深深打動了張亞夫，謝立婷在花海中展開雙臂，陽光般的燦爛笑容照亮著艷麗的花，粉蝶圍繞著。……瞬間徜徉花海的空間，彷如為了保護自己心愛的人在海岸邊逗留，在天亮那一刻海面上平靜無波，往來在海上的商船也走遠了，Tawo和Ama兩人潛入海底，在沒有紛擾的海面，Tawo和Ama在繽紛的海面下盡情地遊耍，盡情地享受珊瑚的世界，那飄逸的紅珊瑚、綠珊瑚，黑珊瑚、紅藻、綠藻、海葵、花魁星、白干魚、藻魚、魚藻……。依附在珊瑚的世界，愉悅的生活著，Tawo和Ama巧扮一隻彩色的魚周旋在珊瑚的領域裡，「好美啊，」Tawo和Ama同時說出這句話。

「好美啊！」謝立婷突然發出驚訝聲。張亞夫看著在花田裡發出燦爛笑容的謝立婷，謝立婷手捧著紫藍色桔梗和紫紅色杭菊，在花叢裡發出迷人的笑容，剎那間，一股暖流和疼惜之心迅速穿過張亞夫的心。夾在花圃裡的粉蝶穿身自在的飛舞，蜻蜓來相伴，飛蛾來饗宴，瓢蟲來開會，如艷陽般的開著，綻放出生命的起源，花如是般的亮麗，花帶動所有生命的活躍，謝立婷的笑容鼓動了張亞夫，兩人牽手漫步花田裡，眼前的一切還有什麼比這更珍惜的。

彷彿看見Tawo和Ama來到一處石礁，這裡的礁岩藏了許多海草，魚藻，紅珊瑚緩緩擺動著，向失聯的魚招手，向失去歸屬的魚兒找一個家，繽紛的水漾世界，一片綠，一片紅，追逐著……，追逐著……，海神敲醒牠們，Tawo掬起一把珊瑚妝綴著紅藻，Ama用微弱的氣息說：「這……。」Tawo攜著Ama穿梭在礁岩上，魚群、藻岩……，揮灑著亮麗而炫的珊瑚世界，海神為大家留下一塊淨土，美麗的珊瑚將不久離開這裡……，海神再也管不住了……，手中的珊瑚頓時發出碎裂的響聲……。一個槍響打破了Tawo和Ama的凝望，探頭滑出水面，船已裂痕，海水已染紅，美麗的海水被染紅時就是珊瑚的滅亡，Tawo 緊緊抱著 Ama 再次潛入海底，透著水幕，兩人的心彼此更貼近了，兩人並肩坐在珊瑚礁岩上，靜靜地讓身邊的小魚群圍繞著，說幸福，更幸福，說夢幻，更夢幻。「原來你們在這裡？」Siro 不禁曝出這句話，Tawo 和 Ama 同時看著他，「我找了很久。」Siro 看著他們說。「對不起。」Ama 放開 Tawo 的手說。「沒關係，快回去，海盜要來了。」Siro 說。Tawo 和 Ama 手牽著手和 Siro 一起離開海岸邊，甜蜜的笑容在兩人臉上濃得化不開……。海盜從 Pescadores 海域開始出發，海水的流動使海面搖晃著船，平戶商人懂得海流所以較能穩住船隻，明朝商人遇到大浪就棄船而逃，幸運的就被村民救起，不幸的就陳屍海底與珊瑚共舞。通常平戶商人會和 Anglo 人在海上為了與 San domingo 人爭奪，三方角力交鋒，炮火不斷，從 Pescadores 海域看見滄水港那邊的人和 San domingo 人發生爭執是常有的事，Gie lim 這裡也看見 Provintia 人和明朝海盜發生爭執，雖然不知道原因，但也讓村民有了警訊，原來在海的另一邊還有人存在。自許在海岸礁岩上過著安逸無憂神仙般生活的村民，誰知道有一天會遇見災難，當村民醒了，狠狠地被海盜打醒了，保護家園也從此開始。

「我開始覺得有點餓了。」謝立婷說。「走吧，吃飯去。」張亞夫說。一大堆水果和花卉擺滿了街道小攤，「這……。」謝立婷想說又止住了。「這田尾改變很大，什麼時候創個這麼大的花園。」張亞夫說。「是呀，好大的花園！」謝立婷觀看四周說著。二個小朋友騎腳踏車經過，「等一會去吃花大餐。」其中一個小朋友說。「吃花？」另一個小朋友說。兩個小朋友急急忙忙騎走了。「吃花？」謝立婷說。「就是以花為食材的料理。」張亞夫說。「想吃，現在就走啊。」謝立婷說。兩個人在花田的道路上彷彿在海岸邊尋覓食物的魚……。

人山人海的道路上，看花的總比買花的多，看花的也比賞花的多，也許是生活累了，對於欣賞花的美只是出現在一種釋放，釋放工作的壓力，釋放都市裡的鬱悶，釋放多了都市裡的空氣，這裡的花開始顯得疲累不振，漸漸凋萎了。多麼可惡的現代人，悶著苦氣而吐出讓這些亮麗的花朵一一為你們吸收著，想拒絕吸收也無從訴說，這裡的花卉從亮麗到摧毀，從摧毀到重生，多麼地辛苦，有時候花醒不來就被取代。如同海底的珊瑚從亮麗的灑脫在各種魚群之間張揚自己的色彩，當海水變了樣，改變了珊瑚的生存，當珊瑚來不及重生的時候，這些魚群、草藻也都將選擇離開，海底改變了原來的模樣，珊瑚也被取代，不再是海底世界的姣姣者讓人流連忘返。

有菁草野田的舖成下，這荒草迷漫的海岸沙地蘊育著村民的生活，地薯和小米的開放，綠茫茫的菁草地自然的景觀。這冬天飄揚的荒草，這夏天白茫茫的菁草如雪般閃亮，村民就利用這白色的晶體來醃魚、醃肉，保持一整年都不會壞的食物，這海水遺留下來的鹽晶，村民加工包裝同樣和平戶商人做交易，平戶商人吃慣了村民的臘肉，幾乎每年都會來買貨，平戶商人交易大方也讓明朝商人眼紅，常常從明朝載運一些絲綢錦緞和玉器珠寶和村民交易，香料也是在這個時候讓 Provintia 人從南方載運上來的，村民至此交易越來越大，從明朝商人那裏得知女真人正在追殺明朝官員，於是明朝很多人逃了出來到這裡和村民挽手定居下來。平戶商人、Portugal 人、明朝商人都欣羨這海上的仙境之島，每個人都想把它佔為己有，村民也不斷地在海上飽受這些海盜的侵犯和奴化，村民幾乎忘記原來的自己，珊瑚不見了，美麗的海灘不見了，村民也不見了……。

在人潮湧進這個純樸的小漁港彷彿一個待嫁的村姑等待眾人的品論，沿著田野堤岸走，迎面而來的海風飄揚在空中，白浪打翻一池水在腳下的礁岩上滾動著，張亞夫和謝立婷站在海上的木棧道上循著人潮環顧四周，謝立婷拉緊衣服緊靠著張亞夫，「這裡風好大，快站不穩了。」張亞夫自然地牽起謝立婷的手，「到那邊去。」張亞夫指著一處石牆說。兩人快步向前，風依然聳動吹著。「這視野真好，遼闊的大海延綿紗床。」謝立婷瞭望著遠處說。「是好視野，可是來這裡觀光的人有多少人知道在這個地方以前全是一片海。」張亞夫望著遠處並回瞄謝立婷之後說。「好一個滄海桑田，歲月悠悠。」謝立婷說。在風的吹襲下，沉默一會，路人匆匆走過，這片海域發生好多好多的事情……。而，我們卻什麼都不知道，因為這一切都被埋在我們的腳底下。

過去在 Provintia 人的船隻和 San domingo 人在海上交鋒，一南一北的為了商業交易不惜與平戶商人交戰，Gie lim 村民為了躲避 Provintia 人的追擊不惜和平戶商人交易，連 Rokau an 村民也加入平戶商人的八幡船交易，舢舨船向河流行駛，舢舨船和戎克船的交易越來越多也頻繁，從清澈到混濁的河水中可以看見河底的一切生物，在河流上的沙灘停泊，兩岸的野鹿、野豬奔跑，珍禽鳥類展翅高飛，空中不斷傳來鳥語聲，遍地野花紛紛飛，獵人們的腳步聲驚動了草地裡的蟲蛇，家家的烤肉香驚動了飛上天的群鳥向下俯瞰，小孩的唱遊聲；婦人的搗衣聲，男丁的獵槍聲，在這條河上交織一幅美麗的生活畫景。Gie lim 村民和 Tawo 在海上逗留了一天，漁獲量也增加不少，在海上和來往的海盜船作交易，回港，繼續潛入海底打撈珊瑚，同時 Tawo 發現珊瑚不僅僅是村民的生活命脈，生長在海底的珊瑚礁世界是美麗變化多的夢幻讓人流連忘返，海底的魚群是村民潛入海底的玩伴，村民個個悠然自得其樂。Tawo 也邀請同村的玩伴 Siro 一起潛入海底欣賞珊瑚，漸漸地在偌大的海域裡發現了秘密，珊瑚變成了海盜商人爭先搶奪的物資，於是村民採集珊瑚遠遠超過珊瑚的生長，在荒草地上開墾，建屋，河流隨著海水的變動而更改路線，山林不再茂密叢林，野鹿不再野地奔跑……。

現在的海岸完全被工業區所取代，更隔離了大海與我們的親近。悠揚的海風吹起一片記憶，面對著這一大片海洋，兩個人目光集中海上的波浪，心情也隨著海上的波浪起伏著，張亞夫和謝立婷站在平坦的道路上看著被風吹起的花卉，隨風搖擺著，層層波浪掀起了記憶……。

隨風搖擺的莆鹽菁，用堅定的意志力戰勝了海風的吹襲，那纍纍的果實可以當作藥材，食材來用，Tawo 和 Ama 在搭起來的木架上正在用火烤著鹿肉，塗上鹽菁的果實，增加美味，Siro 在竹筏上穿著魚放在木架上烤，Tawo 抹上鹽菁，熟透後的魚和生肉香味四溢，連在海上漂泊的平戶商人都放下了八幡船，拿起船上的魚和 Tawo 及 Siro 一起烤魚吃，平戶商人說著 Tawo 不太懂的薩摩語和 Tawo 的Babuza語交談著，任誰也沒有想到這莆鹽菁的香氣促成了海上的友誼，有一個平戶商人因為海上撈魚時割傷了，Tawo 就用莆鹽菁的根皮磨碎給平戶商人敷上，沒想到很快就止血了。另外 Tawo 和 Siro 時常撐著篙，划著船在這條河上行走，有時候在海上看日出、日落美景，在霞光粼粼的天空照在海面上變成了波光粼粼的亮光，時常徘徊在這樣無法忘記的海上美景，Tawo 沿著海岸漂流在河中的沙灘，Tawo 和 Ama 在沙灘上留下的腳印被海水淹沒了。海水蓋過沙灘上的沙痕，Siro 默默地守候 Ama，就像珊瑚被許多貝殼和蟹魚默默地守候著那般，珊瑚世界裡還有貝殼殘存、蟹腳留痕的足跡。在荒草山坡上有少女和少男的歌聲與笛聲牽絆著內心的羞怯，牽引著大海裡傳來的海浪聲。Ama從沙灘看著大海並且瞭望遠處，沙灘上蕩漾浣衣聲讓Tawo在沙灘上遇見了正在浣衣的女孩們，Tawo突然想起了Ama，情愫在Tawo心中慢慢滋長，想起和Ama沙灘逐步戲水的畫面，Tawo告訴Ama很多海底故事，聽得Ama非常心動。每當Tawo從外海划著舢舨船回來，滿滿的珊瑚和魚蝦，當然Tawo也在海底撈了一些奇花異草給Ama，海底的世界就像太陽漸漸沒入海面的那一刻間，腦海中的空白記憶裡是珊瑚的泛影，只有親身經歷才能知道這般美麗的畫面。Tawo說著、說著，將一束珊瑚石插在Ama的髮上，好美的珊瑚美人，一群飛燕從頭頂上飛過，回巢，該回家了，Tawo目送Ama回眸頻望，Tawo在不捨的心情下也撐起篙划船回家了。一抹空中霞光照映海上無限春思：珊瑚潛藏優雅丰姿擺動著大海揮灑柔情舞姿，Tawo和Siro撐篙隨著河水划動，Tawo放慢撐篙的船速在海上靜靜欣賞Ama的甜美笑容，斜射的陽光讓Ama瞇著眼，從Ama的眼神中已經猜出Tawo的心思，在Ama的心裡也存在這樣的心思，象徵兩人心心相印，永結同心的珊瑚花環是青年的守護神，Tawo不知道Ama是否真的喜歡自己，在擺動的河水裡傳送著歌聲，一股濃濃愛意的情歌，這股歌聲伴著Ama和Tawo進入夢鄉。

玩樂一整天，心情不曾有過這樣的放鬆，繃緊的都市工業生活，難得在一個放鬆的農業生活裡感受鄉村的閒適，長期處在緊張的生活也獲得舒解。謝立婷一踏進飯店倒頭躺著睡著了，張亞夫想喚醒，最後只得自己一個人待在飯店內享受寂寞的夜晚。就在張亞夫走進浴室梳洗的時候，在謝立婷恍恍惚惚的夢境裡出現了不可思議的景象……。

沿著溪流，村民努力幹活的一天，一年一度的祭祀儀典，全體村民都集體入溪木浴，洗淨身體，以示對天神、山神、海神的敬畏，在祖靈的召喚下沒有人願意觸怒海神，默默守著頻臨絕潰的河堤，每天從大海回來都要從河流上洗淨自己的身體，在廣闊的大海裡許多礁藻、紅藻、綠藻，灑下自己的生命也要維繫珊瑚的成長，Siro和Tawo相約在海灘岩岸，兩個人說著自己對未來的夢想，一個炮聲打醒了Tawo的沉思，Tawo對Siro說：「看到了嗎？那些商船說是來做生意的，其實比村裡的土匪、強盜還可怕，他們得到自己想要的東西，還繼續利用自己的優勢把一切佔為己有，這裡的村民曾經看見附近港口的村民被他們當作奴隸使用，痛苦過一生。」Tawo 說完，看了 Siro 一眼，然後又繼續說：「也許這是村民的宿命，即使頑強地抵抗也不能得到回應。」「不能得到回應？是什麼意思？」Siro 說。「不知道嗎？在海上活躍的明朝商人不會像平戶商人那樣單純地只想跟村民做生意，他們想佔有這個土地。」Tawo 說。Siro 說靜靜地看著海，沒有說話，Ama 走過來驚動了他們，Tawo 抬頭看了 Ama 一眼，說：「你來了。」Ama 坐在 Tawo 旁邊，「你剛才說的是什麼意思？」Ama 忍不住問了 Tawo 這一句。Tawo 看了 Siro，沒有回答，Siro 看了 Tawo 和 Ama 一眼，便說：「這就由我來說吧！」「咦？」Tawo 看了 Siro 一眼，「Tawo 想告訴你的就是這些明朝商人不是單單想要貨物而已，而是想定居下來擁有一切。」Siro 說。「什麼？」Ama 驚呀的說。「那些明朝商人因為回不去明朝了，應該是說明朝受到一個叫女真人的入侵，打戰失敗，很多人都死了。」Tawo 說。「所以那些商人能逃就逃，在 Pescadores 海域那裡，Tawo 就曾經看見明朝人和平戶商人打起來，為了知道原因，我們很努力的學明朝話和薩摩語來跟他們溝通。」Siro 說。「有一次明朝商人跟平戶商人說為了得到村民的土地好耕種，也能夠定居下來，就會跟村民舉行挽手，然後得到自己想要的。」Tawo 說。

「那是因為明朝商人想在 Pescadores 海域成立自己的勢力，好跟女真人打戰，但是 Pescadores 和村民非常接近，村民的生活都靠從 Pescadores 到 Humoes 之間的海域過生活。」Siro 說。Ama 聽完這些話，心裡更加多疑了，不知如何接話，心裡面的疑問還是得解開，於是就說：「那平戶商人跟我們做生意和明朝商人有什麼不一樣？」「當然啦！」Tawo 邊說邊從腰際的口袋裡拿出像貝殼一樣的東西，「這個，就是它，銅錢和錫幣，平戶商人教我們買賣臘肉和魚干所用的東西。」Tawo 說完，將銅幣拿給 Ama 看。Ama 接過銅幣，讓她驚嚇了一下，上面印有文字，然後把銅幣還給 Tawo，「這個就是我們跟平戶商人作買賣的憑證喔。」Ama 說。「是的，平戶商人說他們在各地海上都是用這個做交易，從南內港過來的船，那邊的村民也都這樣交易的。」Tawo 說。「那為什麼說明朝商人會侵害我們。」Ama 說。「那是因為有一次在 Pescadores 海域，Tawo 看見兩個村民正在和明朝商人做交易，結果那兩個村民一整艘船的魚只換來兩只杯子，那明朝商人說要給村民一些布匹和瓷器以及翠玉的，結果只給村民兩個杯子，平戶商人看見結果也認為很不公平，所以就幫村民爭取了些。」Siro 說。「那明朝商人說好的交易，結果明朝商人反悔了，想侵占村民辛苦打撈的整船的魚。」Tawo 說。「平戶商人就不同，剛才你看的那個銅幣，從北內港到 Rokauan 都是用這個，上面的字就代表村民拿多少臘肉去交換，有時村民也會用這個去跟平戶商人交易，當村民在土丘上採果子，醃魚、煮魚也是從平戶商人那裏學來的。」Siro 說。「平戶商人真的那麼好。」Ama 說。正當 Tawo 想繼續解開 Ama 心中的疑問時，海上突然掀起一陣喧嘩，然而卻看見村民著急著想回港靠岸，著急的心情全都顯露出來，「看來在外海上又發生打鬥了。」Tawo 說。「咦？」Ama 驚嚇了一下。「看那遠遠的海上一點一點的閃著紅光，是大炮，明朝商人和平戶商人又打起來了。」Tawo 說「是啊，一點都沒錯，剛才在紮船的時候問了一下回來的村民是這麼說的。」Siro 重新走回土丘坐了下來說。「這回不知又會為了什麼事打起來？」Siro 繼續說。「走，該走了。」Tawo 站起來準備要離開，說時遲，那時快，突然一個炮響打中了 Tawo 前方的海面上發出巨大海嘯讓 Tawo 和 Siro 的舢舨船幾乎翻了起來，「快，快走。」Siro 拉著Ama急忙離開，Tawo也跟著離開，這炮火不斷地打過海面，Siro想回到繫船的岸邊被Tawo拉了回來，「船失去了，可以再做，人死了就沒了，棄船，走吧。」Tawo說。Siro和Ama只好聽Tawo的話先離開海岸邊，躲到草叢裡去，這草叢長的又高又密很適合躲，三個人就這樣靜待片刻過去了，太陽要下山了，這時候突然聽見有人說：「不要跑，快追……。」，……不要跑……抓起來……。「是村民。」Tawo說。Ama張望四周，「是明朝商人在追村民……。」Siro說。「這邊，過來。」Ama小聲地叫住一位村民，村民回頭看，Ama招手示意讓他躲進來，村民看著Tawo和Siro，當Tawo點頭的時候，村民很快地躲進來了。此時，一個長刀刺進草叢，刺傷了Tawo，Tawo要大家不要出聲，又一長刀刺進草叢，刺傷村民，Siro護著Tawo，Ama護著村民快速離開草叢，血一直滴，一直流，兇猛的山狼聞到血腥味一路追趕過來，眼看著Tawo和村民命在旦夕，Ama就地拔取草藥幫助村民止血，山狼一步一步的接近他們，四個人的表情一度驚恐起來，來不及敷上的草藥掉落一地，山狼張開大口向前一撲……。

「不要……，不要。」謝立婷驚醒躺在床上，坐起來，拭去額頭上的汗水，看著早已熟睡的張亞夫，謝立婷起身下床，看一下時間，凌晨兩點二十八分，謝立婷自言自語地說：「吼，這麼晚，我怎麼睡這麼久。」拉開窗簾，黑漆漆加上幾盞昏暗的路燈，關上窗簾，謝立婷傻笑一下，從行李箱拿出衣服，走進浴室，準備梳洗。

俯瞰西螺大橋下平坦的河面，忙碌的農民在河岸邊種植著蔬菜，流竄在橋上的車子彷彿流經河流的舢舨船，那樣的忙碌，那樣的匆忙，舢舨船靠岸躲過災難，這裡的居民躲不過時代洪流的變遷，只是濁水溪依然存在……。從車窗向外望一片平坦寬闊的田野多了幾戶住家，少了幾分閒適……，依稀可見Tawo和Siro在海上漂流，舢舨船和戎克船在海上追逐，Ama在海岸礁岩上遠眺，遠方大海開始染成一片紅，這片紅連結天空裡的雲彩，向海裡面延伸，不知何時，飛躍的魚群離開了海底的珊瑚，從此消失了，只留下空蕩蕩的海水味……，夾雜著意猶未盡的浪花……。

謝立婷坐在張亞夫的車上，橫跨過濁水溪大橋，那沒有河水的河流不斷地運載著過往……。

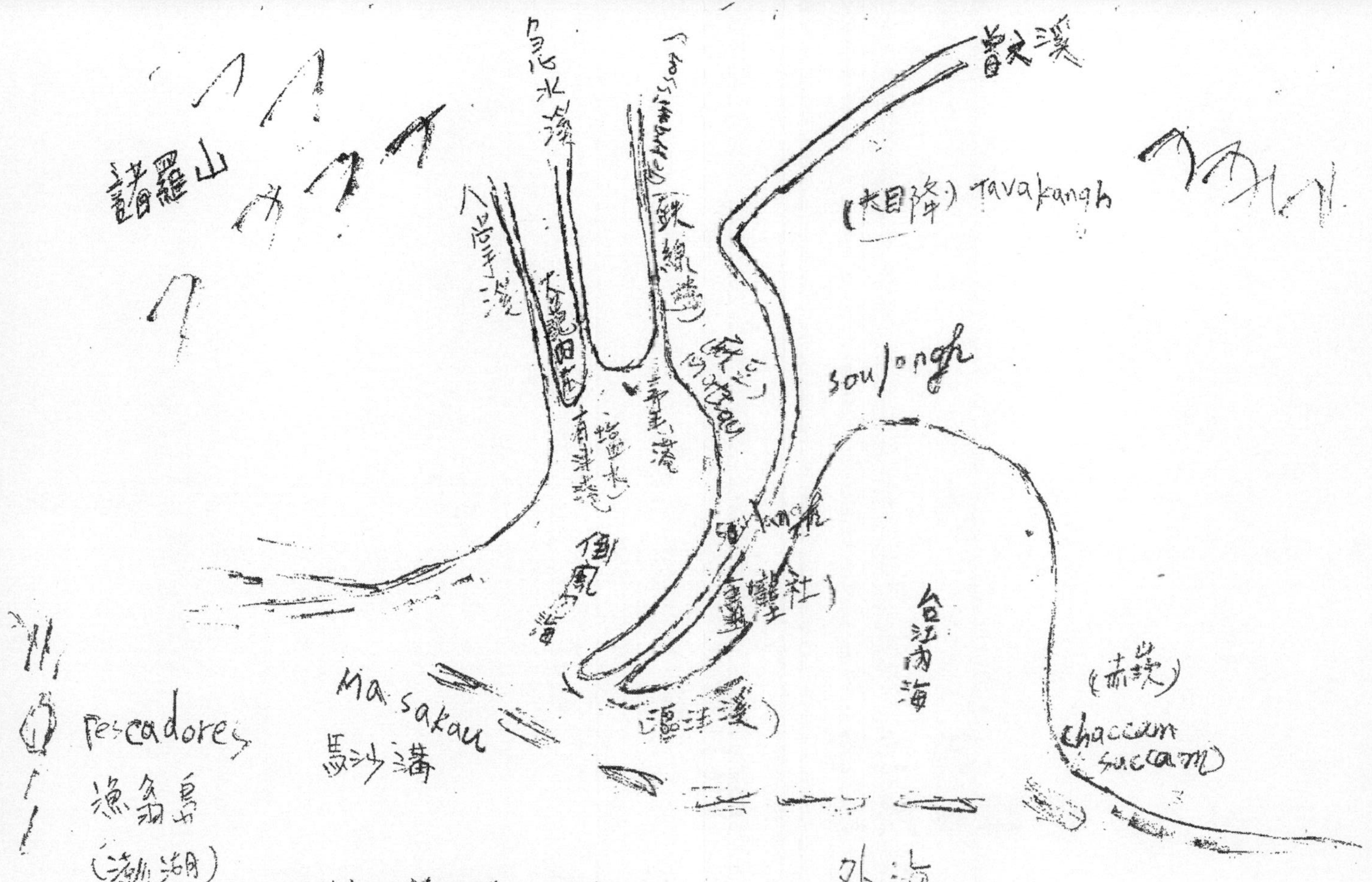

諸羅山
急水溪
八掌溪
鐵線橋
(大目降) Tavakangh
曾文溪
soulongh
倒風內海
台江內海
(赤崁)
Ma sakau
馬沙溝
Pescadores
漁翁島
(澎湖)
外海

16世紀 曾文溪手繪圖

03

曾文溪畔的夢幻海

綻放在春天的花朵在寒風裡伴隨而來，火紅的笑靨喜氣在過年期間顯得出更洋溢充沛，每個人的臉上顯得有些疲憊，在假期中有著一股無奈的喜悅，活潑的孩子在喜氣洋洋的慶典裡享受著童年生活與樂趣。「元宵節要去哪裡玩？」「要去看花燈嗎？」「去看炸龍。」「還有放天燈。」「放天燈？是啊，求個金龜婿回來。」「才不呢，我是求國泰民安，求平安的啦！」謝立婷被這一連串的對話擾亂的心。

夜裡除了沉靜以外，格外的恬謐令人感傷，幽靜讓人忘記思考，除了小販聲，汽機車聲，還有行人腳步談笑聲，「什麼事讓你突然想到要來貓空看夜景？」張亞夫說。一杯茶潤過了喉，「也沒什麼，只是今天上班大家都在講元宵節的事，感覺很煩。」謝立婷說。「是嗎？」張亞夫說。「現在的元宵節已經不復從前了，看那個一〇一大樓佇立在松山，記得你說過這裡曾經是Bu a li ti a hau村民的居住地。」謝立婷說。「怎麼了？」張亞夫看著她，茶香正瀰漫在他們之間，沉默許久，「蜂炮是什麼？鹽水還能發動這麼大陣仗的活動，實在不簡單。」謝立婷說。「蜂炮？你想去嗎？那安排個幾天假期，一起去。」張亞夫說。「去鹽水看蜂炮？」謝立婷說。「才不呢，那個人擠人會踩死人的時間，我才不會去呢！」張亞夫說。「咦？」謝立婷猶疑一聲。「我是說找個時間去鹽水渡假如何？」張亞夫說。謝立婷面對著這樣提議，開始擔心工作的憂慮，經濟無法提升生活品質，又不能沒工作，這樣的壓力讓她真的好想好好放鬆，茶香在嘴裡留下痕跡，空氣裡攪動著Bu a li ti a ha u的生活氛圍，101大樓已經變成了Bu a li ti a ha u的代名詞。

整個鹽水鎮殘留蜂炮的痕跡，純樸的鄉村小鎮，感覺特別的清爽，「在鹽水這地方有一個特產一定要去吃。」張亞夫說。「什麼特產？」謝立婷說。「豬頭飯。」張亞夫說。「咦？」謝立婷輕嘆一聲。兩個人沿街逛著，開心地這麼散步著。「想不到豬頭飯這麼好吃，香味迷人。」謝立婷說。「是嗎？只有在鄉下才能讓我看到你的笑容。」張亞夫笑著說。「什麼？」謝立婷把目光轉向市井小民的街上，「我感覺得到你身上有種說不出的魔力。」張亞夫說。「什麼？」謝立婷又再次發出疑問聲。「鹽水這地區本來就是一個港口。」張亞夫說。「港口？不會吧？」謝立婷說。張亞夫沉默了一會，在沉靜的時間裡流失了兩人的對話，突然，謝立婷說：「鹽水也像北內港和 Gie lim 一樣嗎？」張亞夫看著謝立婷的眼神似乎早已說出了答案，「該不會這裡也發生和 Gie lim 村民一樣的事情？」謝立婷說。「沒錯，這裡的村民確實和 Gie lim 村民一樣和平戶商人及明朝商人做生意，甚至還打過戰。」張亞夫說。「什麼？在這裡？」謝立婷說。當稀少的街市沉沒在陽光的洗禮之中，古色斜陽的海平面照在街市之中，張亞夫小盹了一會，謝立婷在微微風勢的贊助之下進入夢鄉……。

看見 Abuk 和 Tull 雙雙併坐在海灘上，歡喜的追逐著金黃色的水面餘痕，天邊留下一片泛紅的金黃色彩，流連在海濱的飛鳥集結在天空，趁著夜色還沒有失去色彩之前回到山林之中的巢穴，在野地裡奔跑的野鹿、山羌、山豬紛紛奔回到山林野洞，度過安眠的一夜。「回來了，回來了。」Abuk 站在舢舨船上喊著，村民互相抬頭張望，紅光透亮的水面閃閃發出光芒，Tull 看見了在岸邊停留的船隻並向他們招手，Abuk 和一群從外海回來的村民正準備回到內海靠港休息，Abuk 看見正準備提籃回家的 Anbun，站在海面上遙遙相望，「看什麼，都快上岸啦。」Tull 說。「說什麼？」Abuk 碰了一下 Tull，使得 Tull 差點跌到海中，「你幹什麼？害我掉下去不成喔。」Tull說。「反正你會游泳，不會游上岸喔。」Abuk說。「你……。」Tull想說又放下。「走啦，趁著天還沒黑，趕快把我們的戰利品拿回家享受。」Abuk說。「來了，來了。」幾個村民拖著長影從外海拉著舢舨船回來，看見Abuk和Tull，「咦，你還不快回家，海盜來了。」村民說。「什麼海盜？」Tull說。「海盜來了，還問。」村民說。「我是說是平戶商人還是明朝商人？」Tull說。「這回海盜不太一樣，在Pescadores海域跟平戶商人和明朝商人打戰了。」村民說。「在Pescadores？」Abuk說。「聽說還跨過Pescadores的海溝要到明朝的港口去了。」村民說。「這樣啊。」Tull說。「我想很快也會到我們這邊來了，趕快回去跟族長說。」村民說。Abuk和Tull飛奔似的腳步帶著海上的戰利品回家享用，用愉快的心接受這不安的氣氛。夜裡的山坡隱藏著沉痛的寒風吹襲每一個村落住戶，在繁星的照耀下，點點螢火在草叢裡閃閃發著亮光，村民也累了一天，在市集裡點亮著火把，把歡樂傳送到每一個村落角落，在黑夜攪動的星光下，海面上傳來陣陣波濤的打擊聲，風速追逐著浪聲彷彿海盜的槍聲追逐著村民的吶喊聲，在海浪的推助下漸行漸遠；漸遠漸行，在這荒野沙灘裡沉浸著海水的滋潤，豐潤了村民的需求。當安逸已成習慣；當美夢變成仙境；當仙境成為戰場，村民也從戰場失去了海，失去海的自由，平戶商人的八幡船前腳才走，明朝商人從遠方射出炮火攪動了海水。

「去——，濟——。」這一個剎車聲把張亞夫和謝立婷驚嚇得回神過來，「什麼事？」謝立婷瞪著眼說。「好像發生了對撞。」張亞夫說。「吼——，沒事吧。」謝立婷說。「大概吧，騎士都走了。」張亞夫說。謝立婷笑著和張亞夫互看一眼，「這鹽水以前真的是一個港灣嗎？跟 Gie lim 和北內港一樣嗎？」謝立婷說。「這地方叫做大龜肉庄，這裡的村民和北內港一樣搭著舢舨船出海捕魚，到山坡上打獵，射鹿，在平地上種植穀物，在村落建立巡守隊和平戶商人做生意，和明朝商人打戰，海上到陸地，永遠都有村民的腳步。」張亞夫說。「有珊瑚嗎？」謝立婷說。「你看那海面不是波光粼粼的，當然也有珊瑚。」張亞夫說。張亞夫的車子在鹽水街道上慢速行駛，像一艘舢舨船航行在內海上搖晃著波浪，推動著風速在海面上，謝立婷望著車窗外的田野瞬間變成了一片汪洋大海。

一道溫熱的陽光灑在沉靜忙碌的大地上，微微搖晃的樹影在地面波動像海面上流動的水紋，假如時間能倒流，這一切將改變……。沙灘上有數十萬隻飛鳥停留，數十萬隻招潮蟹遊蕩，上千萬株水草浮動，在夕陽餘暉的照耀下顯得怡然悠閒的景色更讓人難以忘記，Abuk 常常一個人從土坡上奔跑，在沙灘上吶喊，在石頭上浣衣，海水飄來陣陣青草香，Abuk 從土坡上沿著荒草石子路來到沙灘，坐在海邊的岩石望著海，Tull 從遠處張望，手裡拿著一把珊瑚看著 Abuk，「你潛到海裡去了，有什麼新發現？」Abuk 說。「是啊，這裡的海邊跟我們村裡那邊的海邊一樣有珊瑚。」Tull 說。「咦？這邊也有珊瑚？我以為只有魚蝦、貝藻呢。」Abuk 說。「這裡的大海跟 Gie lim 那邊的海一樣充滿珊瑚，好漂亮，閃閃動人。」Tull 說。「真的？」Abuk 發出疑問。「你看我手上這把珊瑚不就知道了，只要游過了這海溝到 Ma sakau 那裏去，就可以看到一大片海了。」Tull 說。「那我們現在就過去，我要給 Anbun 做一個珊瑚環。」Abuk 說。「恩，走。」Tull 說完之後，就縱身一跳往 Ma sakau 游去。Abuk 也跟著去，舢舨船依附在海岸礁岩上擺動，當 Ma sakau 沙灘像浮島一樣地躺在大海上隨波浪搖擺著，Abuk 和 Tull 站在 Ma sakau 的沙灘上努力地控制著他們的舢舨船隨風飄搖下去。「要下去嗎。」Tull說。「嗯。」Abuk點頭說。於是Tull和Abuk兩人在Ma sakau的海域來回自由穿梭著，魚、蝦、紅藻、綠藻、珊瑚優雅地擺動著，「好美啊，真的跟Gie lim那邊的海一樣美。」Abuk說。兩隻英勇的村魚隻身在大海中，突然砰了一聲……，「什麼聲音？」Abuk說。「鐵定又在打戰了。」Tull說。兩個人探頭回到岸上，走在沙灘上，Abuk望著遠處點點紅光，「那邊不是Pescadores嗎？」Abuk說，「就是那裏？」Tull說。「那裏的海域時常都會出現一些不同的海盜商船，你不也知道村民在附近海域打撈的時候都會碰到Gie lim村民的舢舨船從那裏回來。」Tull沒有等Aubk回話繼續說。「不只有Gie lim村民，我們的村民也曾經從Ma sakau乘船到Pescadores海域去。」Aubk說。「是啊。」Tull說。「有時候村民常常看見明朝商人和平戶商人，San domingo人、Portugal人，還有Provintia人在Pescadores越過海溝到達明朝的港口做買賣，明朝的港口被禁止和這些人作買賣，都說這些人是海盜，倭寇。」Abuk說。「就因為這樣所以很多海盜商人就跑到北內港、Gie lim港、Ma sakau來和村民做生意。」Tull說。白雲籠罩湛藍的天空，在湛藍的天空下掩護沁藍的海水，幽靜的村社對照著繁忙的商船；單純的村民對應著複雜的海盜。在海的助勢下，飄揚的珊瑚也染上了血的印記。從變化不多的白雲變成了淡黑的色彩盡而在太陽的揮筆下同時染紅了噴灑在空中的血，夕陽與珊瑚同時留下血的印記在這片海域。

「……不要跑啦！……那邊有廟會踩街……。」路人的對話催醒了昏睡中的謝立婷和張亞夫，「哈！這是什麼風啊，這麼容易讓人睡著。」張亞夫感慨的說。「怎麼？你也小盹一下？」謝立婷說。「嗯，瞇了一下。」張亞夫說。在這條街道混了大半天的，臉上顯得有些疲累，身體感到疲倦，「肚子餓了喲！晚餐要吃什麼？」謝立婷說。張亞夫回頭看著她，露出微笑，伸出右手牽起她的手，雖然是漸漸逼近黃昏，此時的艷陽一樣很強烈。

張亞夫的車子行駛在道路上像一艘航行在內海中的船隻，謝立婷靜靜地坐在車上，「鹽水和新營的交界有個名叫：Terramisson 的地方，以前也是個小港口，和鹽水有密不可分的生活交流。」張亞夫說。「在新營這地方也有港口喔？」謝立婷有點狐疑的說。邊開車邊找住宿地點的張亞夫，突然停了下來，看了看四周景觀，寧靜的小鎮除了多些樓房以外，除了那份用心對待家園的感覺以外，似乎沒什麼改變，「其實台南這一帶靠海的鄉鎮幾乎一半以上過去都是一片大海。」張亞夫看著謝立婷說。「海？」謝立婷不太相信地說。「是啊，有一片海。」張亞夫說。「你是說從鹽水到北門這一帶的土地過去一直都是海。」謝立婷說。「除了這裡以外，從佳里鎮到七股鄉，包含台南市的安平古堡一帶都是一片汪洋大海。」張亞夫說。沉靜一會，「以前的海有那麼大喔。」謝立婷比個手勢說。看到小販在街道的叫賣聲，彷彿回到了過去那個航海時代，人人駕著自己的舢舨船和戎克船在海上交易作業，平戶商人、明朝商人把整個海上的軍艦都沉溺在酒色歡騰之中，許多不明就理的村民瞬間成了這些海盜商人的侍從，Provintia 人在南方島上向 Pescadores 海域前進並駐紮在 Pescadores ，跨越海溝和明朝商人作買賣，Gie lim 村民和從 Terramisson 的村民在 Ma sakau 及 Pescadores 之間的海域被抓去當俘虜，做奴役，可憐的村民以為這一片美麗海洋是天神，海神賜給他們的禮物，終究村民手中的禮物都要被這些海盜商人搶走了。謝立婷突然看著張亞夫說：「今晚要住哪？」張亞夫笑笑，用眼神示意她，「前面，走吧！」張亞夫發動車子，泛黃灰黑的夜色正在籠罩這個村子。

累了一整天，在晚餐過後，兩人相視無語，電視機裡面傳來鹽水鎮一個婦人因為家庭經濟壓力而自殺的消息……。謝立婷站在陽台上張望，繁星點點變成了燈光點點，在這種幽靜的空間裡也許看到了某種無法想像的意象，在心裡是如此的期盼著，在心裡是如何的想作一個大夢，這個夢隨著歲月流逝而漸漸迷惘。這個村莊曾經是村民賴以為生的地方，這條河和這個海曾經那麼地照顧著過往的村民生活，歲月雖然流逝了，時間過去了，這地方還依然存在，在歲月時鐘的干擾下，我們依然站在這裡，謝立婷在陽台上長長的嘆了一口氣，「喔，天都塌下來了，嘆什麼氣啊？」張亞夫從背後傳來這句話。謝立婷回頭靜靜看著他，兩個人站在陽台上目光交接，沒有說一句話，夜色依然在混沌的燈光下流逝，無法預知的淚，從天邊落下，這些淚水瞬間在空中消失為塵土，空氣依然靜止。

在蔓延的荒草地裡打滾著，Abuk 和 Tull 兩個人在荒草路上奔跑，追逐，Abuk 拿著短刀把地上的雜草割了一圈，就地坐了下來，從空隙之中 Abuk 看見有不同的舢舨船入海，來到 Mattau 港，這些從外海來的商人在 Mattau 港交易也和 Terramisson 的村民交易，從大龜肉庄到 Mattau 到 Ma sakau 之間的村民一生都靠著這一片海過日子，翻越這荒草坡地，有一條河，這條河叫灣裡溪，在灣裡溪的蘊育下，有很多可貴的資源，在這些資源的保護下，村民才得以生存，Ma sakau 沙灘的海溝正是 Mattau 和灣裡溪的結合之處，「我真的不懂，這裡的村民一直往外面尋找的物資，而外面的人卻一直要進來。」Tull 說。「這有什麼稀奇的。」Abuk 說。「難道就像你說的那些人是要來跟村民爭奪土地的？」Tull 說。「看看那些船上的士兵帶刀帶槍的，甚至還有攜帶家當過來的，不是想在外面找個地方住下來嗎？」Abuk 說。「以前只有平戶商人跟我們做生意，聽平戶商人說他們發生內戰，很多人都逃出來求生存。」Tull 說。「跟明朝商人一樣嘛，內戰輸了就逃出來霸占別人的土地。」Abuk 說。「那你的意思是說，那些從海上來的商人……。」Tull 說。「沒聽說嗎，有人從 Saccam 海域過來說這些南方大海來的海盜搭船過來就是要和明朝商人做生意，Saccam 那邊的村民還說這大槍大砲不稀奇，要像南洋一樣 Mattau 也被他們佔領了才是真的住進來了。」Abuk 說。「吼，那村民不就和平戶商人一樣要逃走了。」Tull 說。

「逃的掉是很好，逃不掉的就得留下來和他們一起生活。」Abuk 說。「這樣喔，那你跟 Anbun 怎麼辦？」Tull 說。Abuk 看了 Tull 一眼，笑著對 Tull 說：「瞧你這樣，說得跟真的一樣。」「是真的，要嘛，改天我們跑過這山坡野地，到河流那邊去看看不就知道了。」Tull 說。Abuk 看著這一大片荒草坡地說：「從這裡 Mattau 港穿過去，再坐船到河口的 Ma sakau 沙灘就可以了。」「到 Ma sakau 沙灘？」Tull 說。「村民不是常常駕著舢舨船到 Chaccam 村做交易嗎？」Abuk 說。「原來你也知道，除了 Mattau 這裡的海以外還有 Chaccam 那邊的海。」Tull 說。「我還知道 Chaccam 那邊的海比 Mattau 的海還要大，資源更豐富。」Abuk 說。「那麼說你自己偷偷跑過去捕魚了？」Tull 有點不高興地說。「走——。」Abuk 拉著 Tull 快步跑，「去哪？」Tull 說。「跟我來就知道了。」Abuk 說。走過荒草地，爬過小土坡，爬過小山丘，Abuk 停在樹林裡，喘口氣，看著遠方，「你看，就是這裡有一大片海，在這座山下面有一條河就是往 Ma sakau 沙灘的河，穿過這個大海，那邊有很多像 Ma sakau 這樣的沙灘，Chaccam 村就在那裏。」Abuk 說。「你怎麼知道？」Tull 說。「我是偶然發現的，有一次為了追捕一隻鹿，追到這裡，我就愛上這裡了，在這裡看到的商船和 Pescadores 那邊的商船一樣多。」Abuk 說。「是海盜船嗎？」Tull 說。「只有舢舨船和戎克船，軍艦沒有進來。」Abuk 說。「軍艦是什麼？」Tull 說。「軍艦就是有大砲的那種。」Abuk 說。「咦？大砲？」Tull 遲疑了一下，「我聽村民說明朝商人因為遲遲不肯讓海盜船進入明朝港口，所以就用這種船攻擊明朝商人，海盜先在 Chaccam 這一大片沙灘駐紮下來。」Abuk 說。「那 Anbun 知道這裡嗎？」Tull 說。「我有跟她說過這地方，沒機會找她來這裡。」Abuk 說。「要快點，就像你說的 Chaccam 很快就會被海盜佔據了，到時候這一大片海鐵定會跟 Pescadores 那邊的海一樣染成了一片血紅。」Tull 說。當 Tull 跟 Abuk 準備下山回村子，在半路遇見了 Anbun，兩人驚訝地望著 Anubn，Anbun 也顯得訝異地會在這荒草野地碰上 Abuk，「你要去哪。」Abuk 說。「到你說的那個山坡上看海。」Anbun 說。「你一個人？」Tull 說。「嗯。」Anbun 說。Abuk 看著 Anbun，Anbun 看著 Abuk 凝視相望一會，「我知道你們剛從那裏過來，我不會要你們陪我去的。」Anbun 說完之後，就轉身走了。Tull 看著 Anbun 的背影說：

「真的要讓她一個人去那裏？」Abuk遲疑了一會，「走。」Abuk丟下這一句往山坡上去了。山風吹襲，海風籠罩，天邊雲彩映江海，海盜的戰爭使得海上遍地都是流屍漂浮，戰鬥到頭終就一場空，曾經亮麗如仙境，曾經滄海如夢幻，卻換來血水悠悠使人愁。

在斜坡草地上靜靜地坐著的Anbun看著大海，風從海面上吹到山坡上來，聞著帶有海水味和青草香的風強勁的吹，Abuk和Tull坐在旁邊，「這樣吹風會冷，會生病的。」Abuk說。「你知道嗎，在村裡要是發生心煩的事我都會一個人來這看看這片大海，心裡好平靜，然後就回家了。」Anbun說。「一個人？」Tull說。「嗯。」Anbun輕輕說出。「為什麼不找我們？」Tull說。「有時候這裡出現一些舢舨船和Mattau港那邊的一樣，順著這條河走下去，海岸邊看見的大海更寬，更廣，有時候從這海岸可以看Ma sakau沙灘有更多更多的舢舨船和戎克船，有很多商人在這裏進進出出，村民也忙碌不少。」Anbun說。「順著這條河走下山，繞過Soulangh村就可以到達Ma sakau沙灘了，這條路我還沒走過，以後我們可以常常來。」Abuk說。「好啊。」Anbun說。「以後不可以一個人來，要找我們兩個一起來。」Tull說。「為什麼？」Anbun說。「因為有海盜。」Tull說。Abuk、Tull、Anbun互看一眼都笑了，三個人肩並著肩一起順著河流走下坡。此時，當他們來到一個小荒地時，發現草叢有人，仔細一看是受傷的村民，Anbun問了村民，住在Soulangh村，因為海盜從海上衝殺進來，擾亂村民，村民奪命抵抗，Abuk和Tull扶著受傷的村民暫時休息，Anbun從草地裡找到草藥給村民敷上的時候，突然一把長茅刺進了草叢，Tull受傷了，嚇到了村民和Aubun，Abuk扶著受傷的Tull，當Anbun重新找回藥草，又一把長茅刺向Abuk，Abuk大叫一聲倒向Tull……，海盜出現了，虎視眈眈的看著他們，再度舉起長茅時……，一陣怪風突然從海上吹起，擾亂的風沙落葉遮掩了視線。

「不要、不要——。」謝立婷驚嚇了醒來，張亞夫被謝立婷驚嚇的跳了起來，睡眼惺忪的看著謝立婷，「做噩夢了。」張亞夫說。「明明在陽台上看風景的，怎麼睡著了。」謝立婷說。「你的缺點就是在旅行途中會莫名其妙睡著。」張亞夫說。「你……。」謝立婷有點生氣地說。看一下時間，二點三十五分，「吼，這麼晚了。」謝立婷說。「明天早上在梳洗吧！」張亞夫說。「那好，繼續睡。」謝立婷躺在床上。張亞夫也躺回床上。在窗外有Aubk和 Tull 駕著舢舨船隨著河流遠離他們，在大海交戰時淹沒了舢舨船，此時只有燈光陪著他們。

清清爽爽的街道，觀光客應該也不少，麻豆有一座非常有名的寺廟，叫做：麻豆代天府，兩三百年的歷史，從早期信眾到現在進香團，進而發展觀光事業，麻豆有個地方叫水堀頭，是當年 Mattau 港的發源地。「你知道 Mattau 最有名是什麼嗎？」張亞夫說。「文旦喔？」謝立婷說。「除了文旦，還有碗粿是吃出名。」張亞夫說。「碗糕？」謝立婷說。「你喔——。」張亞夫搖頭一笑。過去Mattau 港是村民貨物運送集中地，鹿皮、鹽、茅草等等民生物資的交易地，從平戶商人手上交易的礦產、糖和絲綢錦緞，和明朝商人也有交易，現在Mattau 港陸化已經不再繁榮了，「Mattau 港和 Gie lim 港跟北內港一樣。」謝立婷說。「嗯，都已經陸化了。」張亞夫說。甜鹹帶辣的麻豆碗粿，含在口中的那一刻令人回味，只是怎麼樣才能知道這含有鹹鹹的海水味？而這海水味從何而來？張亞夫望著鄰桌客人手上的煙圈長嘆一口氣，謝立婷對著小吃店的客人絡繹不絕，充滿好奇之心，畢竟，一碗碗粿代表的是什麼？鄉愁嗎？

「快、快到了。」Anbun 急忙跑著說。「什麼事？」Tull 說。「小聲點，你看。」Anbun 指著山下的海港說。「哇，這麼多船，鐵定是一個大買賣。」Abuk 說。「這些是什麼船？」Tull 說。「從 Ma sakau 那邊進來的。」Anbun 說。「你怎麼知道？」Tull 說。「你看，是平戶商人，通常平戶商人都會把這些船買下來然後載貨出去。」Abuk 說。「平戶商人？」Anbun 說。「今天村裡不是有祭典買賣。」Tull 說。「是啊。」Abuk 說。「每次這麼重要的買賣族老都會出來。」Abuk 說。「我們坐在這裡看就好了。」Anbun 說。「嗯。」Tull 和 Abuk 同時說。三個人坐在荒草坡上看著片海，Mattau、大龜肉庄、Terramisson 的舢舨船都出動了，戎克船一艘艘地出現在港灣內，不同族群說著不同的語言，貨還是成交了，平戶商人的交易對村民的生活確實真的很有幫助。風越吹越大，野草越彎越厲害，天上的白雲正從樹林裡往大海裡吹，搖動白雲輕輕地灑下一絲風動，舢舨船漂著走，人也會越來越多，「看，那天空的雲都變色了。」Anbun 往海的方向看去。「哇，好美，想不到海上的太陽比山上太陽好看多了。」Tull 說。「是啊，太陽照在海上發出來的亮光像珍珠一般的亮眼，像海底的珊瑚一樣亮麗。」Abuk說。「是啊，每次坐在這裡看著這些美麗的風景，感覺上好像是海神變出來的顏色，又像是天神傳授給海神的一樣。」Anbun說。「我聽說Gie lim港那邊的海域跟這裡一樣美，Gie lim那邊的村民常常和Pescadores的村民一起潛到海底去。」Tull說。「也常常坐在沙灘上看這一片天空炫染大海上的顏色。」Abuk說。「哪天我們也去Ma sakau沙灘潛到海底去看珊瑚的世界，如何？」Tull說。「好啊。」Abuk說。「要帶我去。」Anbun說。「我會撿些珊瑚石和貝殼給你做髮帶。」Abuk說。「珊瑚石髮帶？」Anbun說。」「Gie lim那邊的村民都會用麻草和珊瑚石編織髮帶，很漂亮的。」Tull說。珊瑚真的那麼美嗎？」Anbun說。「珊瑚在海底發出亮光就像我們現在看到的太陽照在海上的亮光一樣美。」Tull說。「山上有鹿、有鳥、有兔子，那海底有什麼？」Anbun說。「海底有魚、有貝、有藻草……很多顏色，很漂亮的。」Tull說。「像荒草上看到的那些花嗎？那些開著五顏六色漂亮的花。」Anbun說。「很多顏色的花在海底也有。」Abuk說。太陽漸漸沉下海面，通紅天邊照月輪，風也漸漸從海面上吹過來，海上的船隻也漸漸停止活動了，背著竹簍、布包，算是工作一天，回家了。「我們也該回去了。」Tull說。「走吧，冷嗎？」Abuk把一件布衫給Anbun披上，「走吧，必須在天黑以前回到村子。」Tull說。三個人急急忙忙快步跑下山，沿著風，沿著鳥鳴，沿著蟲叫，路邊野花向他們招手，向他們揮手告別。

「想不到這南台灣的太陽這麼大。」謝立婷說。街道的長影是被太陽照射出來的，「這裡可真是長年如夏喔。」張亞夫說。「那我們也去代天府看一看好了。」謝立婷說。車子行往代天府的路上，一邊是稻田，一邊是樓房，平坦的向著海一般的寧靜，靜靜地吹著車窗外的風，往來的車子接續不斷，彷彿看見在港口裡一艘接一艘的戎克船和舢舨船正在移動。「那座廟的歷史真的有那麼久喔？」謝立婷轉向車內問張亞夫。「你這樣吹著風，會感冒的。」張亞夫說完之後把車窗關上。「其實在台南這地方不只麻豆這代天府歷史久遠，我還知道有一座大天后宮也很久遠，金唐殿不也是很有歷史嗎？金唐殿在哪裡？」謝立婷說。「等我們去了代天府之後，再去金唐殿逛逛。」張亞夫說完之後就沒再說話了，車子疾速前進，像風速一樣地越過了海如蕩漾在海上的船隻。

車子停妥之後，沿街的居民用一種好奇的眼光看著他們，從代天府廟裡進出的人不少，販賣小吃的小販等待進香的旅客解饞一番，「人都來了，我們也去上個香吧。」謝立婷說。站在廣大廟埕裡望著這金碧輝煌的廟宇，進進出出的不只是旅客，還是當地民眾的休憩場所，老人臉上的風霜歲月，小孩童稚無邪的臉，在陽光的照耀下象徵一種傳承。上完香，從廟裡走出來，兩個人都長嘆一口氣，「肚子餓了吧？」張亞夫說。「嗯。」謝立婷點點頭。「走吧，先去填飽肚子。」張亞夫看了謝立婷一眼，兩人手牽著手走出廟埕，吃飯去。陽光射出長長的影子。「你說這裡有一個水堀頭是什麼意思？」謝立婷說。「水堀頭相傳是一個出現龍的地方。」張亞夫說。「龍？」謝立婷看了一眼張亞夫。「傻瓜，龍就是皇帝。」張亞夫笑著說。「原來是這樣喔。」謝立婷稍喘一口氣說，兩個人靜靜地沒在說話。

港口內交易的船隻不曾停歇過，「今天又有大魚可吃了。」Anbun說。「是啊，今天的海水特別的肥美，魚都跑過來了，所以網子一灑，就抓了一堆。」Abuk興奮地說。「走，先去市集賣賣看。」Abuk說。當Aubun和Abuk離開港口時，Tull 跑過來說：「Abuk，這個平戶商人說要買你的魚。」Abuk 看著平戶商人，原來平戶商人在 Mattau 村子開了一家店舖，需要貨源，於是就會找村裡出海捕魚的村民買魚，村民有了銅錢買其他的生活物資，蓋房子，還向明朝商人和平戶商人交換物資、棉花等等。一年一度村裡祭典，當然也少不了的熱鬧慶祝，Abuk 和 Tull 以及 Anbun 三人又再度爬上斜坡草原，「那是村子。」Anbun 說。「哇，好多人，比平常多了一倍。」Tull 說。「是啊，這個時候，別的村子也會過來幫忙熱鬧一下。」Abuk 說。當眾人的目光集中在山腳下的村落，Mattau 港外的海面上也不寂寞，海盜船進進出出，村民與商人交易忙碌，戎克船，舢舨船幾乎重疊交織著，背著木箱、布包的村民上上下下的穿梭在甲板上。此時，Abuk 拿出珊瑚髮篦放在 Anbun 眼前，「給妳。」Anbun 先是驚嚇之後說：「給我。」「嗯，我答應你要給你一條珊瑚髮篦的。」Abuk 說。「拿著吧，這可是他花了好幾天到海裡面去採的珊瑚做成的。」Tull 說。

「謝謝。」Anbun 說。突然一隻小野兔從旁邊跳過，嚇到了 Anbun，重心不穩跌了一下，Abuk 立刻向前扶著，四目交接的兩個人害羞了起來，「沒傷到吧？」Abuk說。「沒有。」Anbun說完後放開Abuk的手，風從海面吹來，一百八十度大轉彎又從山那邊吹過來，港內的海面掀起層層漣綺，「起風了。」Tull說。「走，到那邊有個茅草屋，可以避避雨。」Abuk說。「那快走，不然會淋到雨。」Tull說。Abuk牽著Anbun的手和Tull一起往茅草屋走去。在茅草屋裡坐著三個人，互相凝視著對方，Tull突然看著草屋外說：「怎麼突然下一場大雨，好不容易碰上祭典。」「是啊，村子很久沒有這麼熱鬧過。」Abuk說。此時草屋突然湧進一堆人，原來是在祭典中的長跑選手，因為遇上了下雨，只好為了躲雨而放棄比賽。當這些村民看見Abuk和Tull時也感到驚訝，更何況Anbun隻身和他們在一起。「這場雨停了就趕緊回村落，別在外面遊逛，很危險的。」村民說。Abuk三個人點點頭。雨勢停了，在海邊出現一道彩虹，讓所有村民為之驚艷的紛紛睜大眼睛看著這道從海而天降的跨海大橋。也許第一次看見這景象所以很興奮，Tull、Abuk、Anbun三個人高興得跳了起來，突然一不小心跌倒在一起，發出唉叫聲……。

「哎喲。」謝立婷突然唉了一聲。「怎麼了？」張亞夫問。「沒什麼，踢到石頭了。」謝立婷笑著說。「你喔……。」張亞夫笑笑地說著。這麻豆鎮可真是熱的多情天哪！

張亞夫的車順著 Mattau 街道往Soulangh方向去了，沿路的車陣，田野，村莊，路上的行人和正在忙碌的農人與商人反應著過去的生活和現在沒什麼改變。謝立婷直望著窗外，閃過的掠影閃閃發著亮光……。好了，下一個，上船，下船，哇！這是最新鮮的魚皮，鹿皮，忙碌的港口被海上來的船隻擠翻了。「我們應該會在Soulangh過夜吧？」謝立婷望著窗外說。「嗯，怎麼了？」張亞夫說。「我有些睏了。」謝立婷說著瞇下眼。「那你先瞇一下，到了飯店，我再叫你。」張亞夫說。車子像一艘疾速的風帆在海上揚長而去。平穩的車陣中看著熟睡的謝立婷，張亞夫在她臉上輕輕一吻，這一吻驚醒了謝立婷，謝立婷有些倉惶驚訝地說：「你在幹什麼？」「叫你起床啊！」張亞夫若無其事地說。「飯店到了。」謝立婷說。「嗯。」張亞夫說。剛剛嚇醒的謝立婷一直看著張亞夫，張亞夫反而害躁起來，謝立婷也顯得害羞起來。「下車吧。」張亞夫說。四目交接的兩個人被一陣怪風吹醒了意識。

在梳洗過後，也減輕不少疲倦，泡了一杯熱茶，「你要喝茶嗎？」謝立婷說。「不。」張亞夫輕輕帶過，一杯熱茶過後，顯得清醒些，看著張亞夫坐在沙發上玩著筆記電腦，「吼，還說呢，是誰壓力大，出來玩還辦公呦。」謝立婷說完，然後打開電視。張亞夫看她一眼，只露出淺淺笑意。此時，電視畫面出現廟會景象，「是金唐殿的廟會活動啊。」謝立婷說。「你參加過廟會活動嗎？」張亞夫說。「咦？廟會活動？」謝立婷看了張亞夫一眼。「不知道嗎？有很多廟裡的神明跟人一樣，都是需要交流的，所以透過廟會讓不同神明互相交流。」張亞夫說。「神明也要交朋友喔？」謝立婷說。「當然啦！神明也要交換一下心得。」張亞夫微微笑著。沉默許久，未見談話。金唐殿的廟會活動深深吸引著謝立婷……。

穿過雜草樹林，在石子路上奔跑，Abuk 拉著 Anbun，Tull 在後面跟著，喘了，累了，「等，等一下，我們休息一下。」Tull 說。Abuk 看著 Tull 說：「怎麼了？」「你跑那麼快要去哪？」Tull 說。「不知道嗎？Soulangh 村有祭典活動，不快點會看不到的。」Abuk 說。「祭典？不是晚上嗎？」Tull 說。「是啊。」Anbun 附和說。「這次的祭典從白天到晚上，附近的村民都去參加了，連Mattau的村民有的也去了。」Abuk說。「咦？」Tull輕嘆一句。「所以說要快點。」Abuk說。就在此時，出現了很多路過的村民成群列隊的向Abuk說的方向走去。「哇，這些人……。」Tull瞪個大眼望著走過的村民，「其實這是Soulangh村最大的祭典，聽說要七天才會結束。」Abuk說。「那不是說，這些天都不出海了。」Tull說。「不出海不就沒有魚吃了。」Anbun說。「放心，魚干，魚脯很多，餓不死的。」Tull說。「為了防範海盜，族老要村裡的男丁輪流在村子附近守夜，保護村民的安全。Abuk說。「你怎麼知道？」Tull說。「剛才走過去的村民，就有族老安排的巡守員，為的是保護村民的安全。」Abuk說。風吹草低，飄下的雨滴被風吹走了，越接近Soulangh村的祭典之地越是感到不安，夕陽無緣無故地被雲遮蓋住，海上浪紋也變大，河水也漸漸掀起浪紋擺動，野兔在草叢裡開始不安份。Soulangh村裡的祭典已經開始熱鬧氣氛了。「等一下，有人爬上岸來了。」Abuk說。「咦？」Tull輕輕地說。「先躲起來。」Abuk說。Abuk、Anbun、Tull三個人找個隱蔽的草堆躲在一旁觀看，從海邊爬上岸的人。「是平戶商人？」Tull說。「那個人，受傷了。」Anbun說。眼看著他們相互纏扶著正在草堆裡休息，「要趕快止血才行。」Anbun 想站起來，被 Abuk 拉住。「你找死啊！」Tull 看著 Anbun 說出這句話。三個人看著平戶商人的行為，沉靜了一些時間，「看樣子這個人是從 Pescadores 和 Provintia 海盜打戰打輸了才逃到這裡來的。」Abuk 說。「你是說 Pescadores 又發生戰事了？」Tull 說。「一定是。」Abuk 說。「這還得了，要趕緊告訴族老才行，現在祭典時間會傷到村民的。」Tull 說。「什麼？」Anbun 說。「祭典是對天神、海神、祖靈的一個重要日子怎麼能讓他們破壞？」Tull 說。受傷的平戶商人已經被村裡的巡守隊抓走，很快地就會傳遍整個村落。「你看——。」Anbun 看著平戶商人被巡守隊抓走。「走、快走。」Abuk 說。「去哪？」Tull 說。「回村子。」Abuk 說。「不去看祭典了？」Tull 說。「有比去看祭典更好玩的事。」Abuk 說。三個人沿著河流，順著山坡，來到了村子，在Soulangh村裡正在討論從海岸邊抓來的平戶商人，有的村民說這個平戶商人在 Pescadores 海域和 San domingo 人及 Provintia 人相遇甚至打起來，結果不幸落敗就逃跑了，最後靠著村民的舢舨船來 Ma sakau 沙灘，不知道那些在海上打鬥的海盜也偷偷地爬上岸來了。「村民太善良了，不知道會給自己帶來不幸和傷害嗎？」Tull說。「是啊，村民不顧危險救了他們，最後傷害到自己。」Abuk說。「戰爭是很可怕的，可是救人也是天性。」Anbun說。三個人沒有再說下去，村裡的氣氛越來越詭譎了，也許村民的善良天性，對於海面上的敵人毫無戒心，所以導致日後的子孫都在這樣的戰爭中生存下去，家園被佔領，村子被毀滅，到底是天神下了什麼樣的旨意讓村民背負著這一生善良存活下去。「天色很晚了，早點休息。」Abuk說。「嗯。」Tull說輕回一句。兩個人護送Anbun回家，然後自己也回家休息。

謝立婷睜開眼睛張望，「你醒了。」張亞夫說。謝立婷坐起來，睡眼惺忪地說：「我怎麼了？睡著了？」「電視都還沒睡著，你都躺平了。」張亞夫笑著說。「你在笑我？」謝立婷嘟著嘴說。兩個人互瞪對方，然後都笑了，「不過，那個廟會，金唐殿的廟會真的有那麼隆重，盛大嗎？」謝立婷說。「明天去金唐殿看看不就知道了。」張亞夫說。謝立婷低下頭，「好了，是睡飽了，不睏了，我可要睡了。」張亞夫說完拉起被子躺下，謝立婷抬起頭張望著窗戶，窗外什麼都沒有，只有和村民交易過的海盜商人正在侵略著村民……。

帶著灰暗的清晨，有些居民已經開始在工作了，在忙碌，等待漸漸露臉的陽光，冰冷的雙手有一顆溫暖的心。站在陽台上向下張望，微透著光的天空早已普照大地，謝立婷嘆了一口氣，「大清早的嘆什麼氣啊？」張亞夫從背後傳來這句話。謝立婷轉身看他，「看樣子，要準備吃早點了。」謝立婷說。關上窗，「是啊，昨晚不知怎的太早餓了。」張亞夫說。「走吧，我也餓了。」謝立婷說。幽幽靜靜地吃完早餐，不只是他們兩個，還有很多村民，很多遊客，恬靜的早餐溫暖了每一個人的心，在醉人的音樂聲中……。

「這個蜈蚣陣是什麼意思？」謝立婷望著廟牆的照片說。「也是一種敬畏神明的祭典。」張亞夫說。這座廟已經留存很多年了，來來往往進香的遊客和附近的居民也把這裡當作休閒場所了，神明無所忌，有忌諱的應該是信仰的人吧？「你知道這裡有什麼好吃的？」謝立婷說。「吃？有是有，我怕妳身材會走樣。」張亞夫說。「嗚……。」謝立婷嘟著嘴說。張亞夫笑笑沒說話，「我們去蕭壟文化園區逛逛，然後在那吃中飯，說說Soulangh的故事。」張亞夫說。「蕭壟文化園區？是什麼意思？跟金唐殿有關嗎？」謝立婷說。謝立婷把帽子重新戴好，「這裡的風可真是大啊。」張亞夫說。「聽說晚上會很冷呦。」謝立婷說。「大概是靠海的關係吧！」張亞夫說。「靠海？」謝立婷望著一大片廣闊的土地說。車子在鄉間道路行進間彷彿吹著海風的船隻，爬上那個山坡就有一個非常大的村落，聚集著喜怒哀樂的聲音，海一樣的聲音，如同吹來的風正訴說著Soulangh說不出的話。

走在悠閒的蕭壠文化園區內，遊客稀稀落落地走著，幾個活蹦亂跳的小朋友在園區內來回奔跑，「鐵軌？」謝立婷說。「那是以前運送製糖原料的。」張亞夫說。「那這裡以前住過很多人喔。」謝立婷說。兩個人在行進間並沒有對話，一直到腳步停下來，「我們在這休息一下。」張亞夫指著旁邊的座椅。稀落的遊客在他們眼前走過，微微透著陽光的影子訴說著這裡的憂傷，「為什麼叫Soulangh？」謝立婷突然冒出這句話。「咦？」張亞夫看她一眼。「我是說為什麼會有蕭壠文化園區這個地名？」謝立婷說。「你知道Mattau嗎？在Mattau隔壁就是Soulangh，在Soulangh村的村民是靠著這一大片平野和河流過生活。」張亞夫說。「Mattau是一個靠海的港口，Soulangh是一個靠河的村落，那條河叫什麼？」謝立婷說。「認真說起來應該是那個未定名為曾文溪的出海口，漚汪溪，你聽過了吧？」張亞夫說。「灣裡溪又是怎麼一回事？」謝立婷說。「其實從山上流下來的溪流要入大海不容易，過去在這裡腹背兩面都是海，所以河流流過也彎來彎去的。」張亞夫說。「所以叫灣裡溪。」謝立婷說。「嗯。」張亞夫輕回一句。沉默些許時間，兩人都沒有說話，當有一個小朋友拿著水球掉在地面時，「你說Soulangh這地方腹背都是海，指得是Mattau那個海嗎？」謝立婷說出這句話。「除了Mattau這個海，繞過Ma sakau的海溝向南邊前進有一個很大的海，沿著海進入有許多小港口。」張亞夫說。「那就是說Soulangh村民只要駕著舢舨船越過村裡的這條河就可以到達另一個海。」謝立婷說。「嗯。」張亞夫輕回一聲。「那又為什麼是糖廠？」謝立婷說。張亞夫看她一眼，「好奇寶寶，肚子餓了沒？」張亞夫說。「嗯。」謝立婷說。兩個人手牽著手離開蕭壠文化園區，背後的孩童嬉笑聲依然沒變，只有Abuk和Tull及Anbun三人在望著他們，似乎在傳達什麼訊息……。

祭祀除了對天神一種敬畏，也是對海神的敬仰，對祖靈的尊敬。當村民從海上作業回來，忙著打獵，耕種，大人，小孩開心的不得了，Abuk拉著Tull再度來到這平野，「這回又發生什麼事？」Tull說。「從Gie lim那邊傳來消息，說明朝商人和平戶商人在Pescadores海域發生戰鬥，結果很多人都掉到海裡去了。」Abuk說。「那不是常常發生的事。」Tull說。「聽說這回是為了搶Sanga的。」Abuk說。「Sanga？」Tull說。「聽說Sanga的用途很廣，也很貴重，，所以Sanga是海中珍寶。」Abuk說。「Sanga我們這邊不是也有。」Tull說。「是啊，我也很擔心Sanga被他們挖去。」Abuk說。「對啊，我們要煮菜，曬鹽，和魚干都得用Sanga才行。」Tull說。「重要的是被他們挖去了，我們就沒有了漂亮、美麗的大海可以看了。」Abuk說。「對喔，聽族老說Sanga生長很慢，而且海水受到侵襲或是水溫改變就容易死掉。」Tull說。「Sanga死掉，我們就沒有魚可以抓了。」Abuk說。「那不就沒有魚可以吃了。」Tull說。Abuk和Tull互看一眼，互相擁抱哭了起來，一邊哭一邊說：「以後沒有魚可以吃了。」哇哇……。兩個男人擁抱著哭成一團，「是死人了？」Anbun從旁冒出這句話。「你什麼時候來的？」Tull放開Abuk說。「你們哭得那麼大聲，被野鹿聽到叫我來看是怎麼一回事？」Anbun笑笑地說著。「妳在笑我們？」Abuk說。「好了，到底怎麼一回事？」Anbun說。三個人坐在大石頭上，看著這熙來人往的大海，Ma sakau 沙灘有了變化，舢舨船越來越多，戎克船也駛進內海了，究竟發生了什麼事？Abuk 和 Tull 拼命地往下望，Anbun 看著進來的船隻，「那些人不是我們村裡的人。」Anbun 說。Abuk 看了一會從海上進來的舢舨船，「那是明朝商人，說正確一點，這些人應該是海上打輸了受傷逃到這裡來的。」Abuk 說。「明朝商人？」Anbun 說。「在 Pescadores 海域時常會發生 Provintia 人和明朝商人還有平戶商人為了 Sanga 而打起來，在 Gie lim 那邊也常有明朝商人逃上岸來。」Tull 說。「逃上岸？」Anbun 說。天上的雲不斷地飄向大海，海上的珊瑚漸漸染上泛紅的天空交織了多少珊瑚血淚。「Mattau 村民會不會跟 Gie lim 村民一樣趕走海盜啊。」Tull 說。「不知道。」Abuk 說。「我聽說有很多海盜甘願在許多族老家中做工呢，說什麼要報答族老的救命之恩。」Anbun 說。「還不是看上族老家的土地和財產。」Abuk 說。「嗯，有可能喔。」Tull 說。太陽漸漸向海靠近，「好美喔！」Anbun 說。「嗯？」Abuk 說。「你看那邊。」Anbun 指向海上的夕陽說。「哇……，好美。」Tull 說。「是啊，雲朵的顏色就像海裡的珊瑚世界的顏色。」Abuk 說。「珊瑚的世界真的有這麼美嗎？海底的世界和天空的顏色一樣美嗎？」Anbun說。「天空的雲彩只是一部份而已，你去過山上了沒，那遍地開著不同顏色的繽紛花朵才能夠足以和珊瑚世界相媲美。」Abuk說。「不，不是的。」Tull說。「咦？」Abuk看著Tull說。「應該要說這個珊瑚的世界結合了天空變換的雲彩加上山野上的繽紛花朵的世界。」Tull說。「真有那麼神奇嗎？真的好想看一看海底世界。」Anbun說。「真的很想去？」Abuk說。「嗯。」Anbun點頭說。「那好，明天，明天早上在這裡，我們一起到海裡去看珊瑚。」Abuk說。「明天？」Tull說。「怎麼了？」Abuk說。「明天祭典，族老要大家別離開村子，因為怕海盜來侵犯。」Tull說。「只要不要離開太遠就好了。」Anbun說。三個人踏著夕陽從海照過來的餘暉，在山野上拉長影子，飄動的野草依然飄動，浮上山坡的白雲漸灰漸黑……，村落已漸漸沉睡，但，海上依然甦醒。

一陣怪風吹過，「風好大喔。」謝立婷用手遮掩臉部，一輛大卡車從身旁經過掀起了狂風掃蕩他們，「怎麼了？眼睛還好吧？」張亞夫關心的問。「這裡是那裏？」謝立婷說。「這裡是震興宮。」張亞夫說。「中午吃太少了，現在肚子有點餓了。」謝立婷說。張亞夫看一看四周說：「嗯，先去入境隨俗上個香，再去吃點心。」張亞夫微微笑著看著謝立婷。「嗯，好吧。」謝立婷露出愉悅的笑容。張亞夫看到她的笑臉，心情也跟著愉悅起來了。

潛入海底觀看不同的海中生物和植物，讓自己置身在珊瑚舞姿的擺動中，Ma sakau 沙灘，軟綿綿地撫摸著人心，觸動著心裡的感觸，Anbun 撩去髮上的水漬，長髮任風吹拂，在 Abuk 的眼裡多了一份憐愛與疼惜，「這風吹得好清爽。」Anbun 說。「會生病的。」Abuk 說。拿出一件麻布給 Anbun 披上，「披著。」Abuk 說。「這裡的風比 Mattau 港的風還大。」Tull 說。「順著這裡可以到另外一個海嗎？」Anbun 說。Anbun 站了起來，踩在沙灘上的感覺如綿如細，又舒服，烈艷下的陽光在海面上射下一道光彩有如留給海底生物的一股活泉，天空雲朵的變化全都映在海面上。「哇！好多舢舨船。」Anbun 說。正當 Anbun 迷戀舢舨船在海上的丰姿之際，Tull 急忙叫說：「快，快上船。」「怎麼了？」Anbun 說。Tull 示意 Abuk 將 Anbun 帶上船，Abuk 拉著 Anbun 上舢舨船，Tull 和 Abuk 很快地將船往沙灘划向村落的岸邊，當 Tull 將船靠近岸邊，三個人也下了船，突然有受傷的船客倒了下來，嚇壞了上岸的村民，「是平戶商人。」村民說。在村民的詢問下，原來是前往Pescadores海域作珊瑚買賣被明朝海盜追殺，Anbun在石頭上磨著草藥，然後細心的替受傷的平戶商人療傷，「為什麼要幫他？」Tull說。「這個人就住在村子裡，我在市集裡看過他，有時候他還幫村民解決問題。」Anbun說。有一個村民突然走進來看看受傷的平戶商人，然後露出驚訝的表情，這位村民隨後向大家說：「他，他就是上次在港口救了族老的那個平戶商人。」「什麼？」Abuk說。「那是我們村子的恩人了。」Tull說。村民對施恩的人非常感念，但是對於加害的人卻不知如何處罰？這也是日後村民被海盜用恩情撲殺的原因吧！Abuk和Tull扶著受傷的平戶商人回家療傷。

……去……濟……。二輛機車倒地，騎士受傷，等待救護車，「好可怕。」謝立婷有點嚇著。張亞夫將她摟在懷裡，隨著人群離開。「晚上要住哪？」謝立婷說。「你住過香客大樓嗎？」張亞夫說。「香客大樓？你是說住在廟裡？」謝立婷說。「嗯，等一會就去鹿耳門大天后宮，在那過夜。」張亞夫說。「住在廟裡，我又不進香。」謝立婷說。「其實有時候給單獨的旅客一個棲身之所，這也是神明的意思。」張亞夫說。「也對喔，神明不也是保護世人而存在的嗎？」謝立婷說。張亞夫聽了笑笑，看著謝立婷的笑容使張亞夫更心疼，如此陽光般的笑容也讓自己展開了笑靨。富麗堂皇的廟宇佇立在幽靜的街道上，僻靜的深夜裡增添一股緬懷的心思。梳洗過後，精神也特別愉快。「怎麼？想出去走走？」張亞夫看著謝立婷發呆的神情。「也沒那麼想，只是想來都來了，逛逛也好。」謝立婷說。「那好，等明天早上我陪你去逛逛好了。」張亞夫說。謝立婷一股腦的躺在床上，望著天花板，張亞夫在筆記電腦繼續他的工作，偶而看一下謝立婷，心裡直想著，又不時露出笑容，過了一會，謝立婷感覺眼皮沉重⋯⋯。

沿著海岸沙灘走，是散步休閒的好地方，小孩子們在沙灘上努力地抓貝殼準備帶回家當晚餐，從腳上沾滿的沙粒和手上滿滿的戰利品，小孩們勢必玩得不亦樂乎也起勁，從沙灘上的水草被踩過的痕跡，在這裡看著天空，望著大海，蜉蝣生物隨手抓。Anbun 一個人在沙灘上散步著，面對無邊無際的大海，彷彿生命也會就此無邊無際，「你在想什麼？」Abuk 突然站在她旁邊說。「就在那裏嗎？」Anbun 說。「咦？」Abuk 輕嘆。「你說海盜曾在海上發生戰爭，就是那裏嗎？好遠，看起來好遠。」Anbun 說。「是啊，這海看起來很遠，像天空一樣遠。」Abuk 說。兩個人沉靜的望著大海，耳邊傳來浪花聲，頭頂白雲緩緩飄過，幾艘舢舨船匆匆入港，幾艘戎克船從海上徘徊。「村民要回港了。」Anbun 說。「起風了。」Abuk 說。白雲越走越快，浪也漸漸掀起，於是起風後有大浪已變成海嘯的現象，曾經因為這些大浪捲走了村民，毀了家園。「該回去了。」Abuk 說。「嗯。」Anbun 說。兩個人並肩沿著沙灘走回家，此時，Tull 跑過來，Abuk 看著慌張的 Tull 說：「發生什麼事。」「什麼事？海盜打進來了，你們還那麼悠哉。」Tull 說。「什麼海盜？」Anbun 驚慌的說。「什麼時候的事？」Abuk 說。「現在沒時間說，你沒看見嗎？村民的舢舨船都集中到內海來了。」Tull 說。「難道 Pescadores 海域又發生戰事了？」Abuk 說。「聽說是明朝最大的海盜在 Pescadores 附近的海域和 Provintia 人打起來了。海盜逃得逃，散得散，有的跑到 Gie lim 港那邊去了。」Tull 說。「然後呢？」Anbun 說。有村民看到海盜逃到 Saccam 港那裡，Saccam 村民還看到海盜進港靠岸呢。」Tull 說。「有人受傷嗎？。」Abuk 說。「應該有吧，只是這次進來的海盜好像跟明朝商人和平戶商人不太一樣。」Tull說。「不一樣？」Anbun說。「在Pescadores海域有很多不同的海盜出現。」Abuk說。「要不我們也去看看。」Anbun說。「不行，現在要先回去Souangh村，再說村民發現我們不見了，還得擔心。」Tull說。「對，先回去。」Abuk說。三個人坐在舢舨船上一起從外海划回Mattau港，然後回到村落，三人的浮影在海上漂流，點點夕陽垂掛在天邊，映紅的雲彩照映在海上的珊瑚呈現泛紅、泛藍、泛綠、泛青的色彩亮光在海面上形成一道如仙境般的隧道。安靜的港口，不穩定的海面，入夜的山野籠罩一層薄霧，這薄霧也漸漸蔓延到海上，不知何時這薄霧成了村落的掩護網，Anbun告訴Abuk說：「是海神和山神一起保護村民的，保護村民不被海盜撲殺。」一旦海盜突破了這片薄霧，村民就會在睡夢中死亡……。

「……不要……不要……。」謝立婷從睡夢中驚醒，坐在床上看著正準備上床的張亞夫，「你還沒睡啊？」謝立婷說。「看你都作噩夢了，我還能睡得著。」張亞夫笑笑說。謝立婷垂下眼，低著頭，張亞夫坐在床上靠近她說：「去洗個臉吧。」謝立婷用她那深邃的眼眸看著張亞夫，張亞夫點頭示意著她，謝立婷下了床，走進浴室，張亞夫雖然眼皮很沉重，但無法入睡，想起謝立婷憂鬱般的眼神讓他無法入睡，又那沉沉的夢中意味著什麼？從浴室裡走出來的謝立婷露出笑容，看著正在沉思的張亞夫，「你在想什麼？還不睡覺？」謝立婷說。張亞夫被打斷了思緒，看了謝立婷一眼，謝立婷爬上床，「你不睡，我要睡了。」謝立婷說。「妳不怕又做噩夢了？」張亞夫說。「才不呢，這一次，我一定做個好夢。」謝立婷說完立刻矇頭大睡。張亞夫只有搖頭笑著。

清晨雖頂著陽光，還是有些微涼的風，站在拱形橋面上看著護城河上的倒影，似乎顯而易見看了整座天后宮的外型，平靜無波的水紋正在滋養著河中的水草，不知何時開始增加了許多的旅客，張亞夫和謝立婷並肩走在拱橋及迴廊上，彷彿看見Abuk和Anbun並肩坐在山坡上一般，濃情蜜意沒有隨時間改變而減少，「來都來了，去上個香吧！」被旅客突如其來的這一句打斷了兩人的悠閒散步，「我們也去上個香吧。」謝立婷說。張亞夫先是頓了一下，「好吧！」然後說出這句話。看著那裊裊上升的煙，不知媽祖婆收到了沒？每一個煙火都是信眾的心，心誠則靈，大概就是這個道理。上完香，站在廟埕階梯，向路口張望，「等一下，我們要去哪裡？」謝立婷問。「去七股，看鹽場，遊潟湖。」張亞夫說。「潟湖是湖嗎？」謝立婷問。「好奇寶寶，走吧！」張亞夫說完，往停車場走去，謝立婷在後面跟著。

站在鹽山前面，太陽底下的遊客絡繹不絕，這時候來枝鹹冰棒感受一下討海人的辛苦，吃飯配鹽，吃冰都摻鹽，望著白澄澄的七股鹽山，留下拍照遊客的足跡，「你猜我看到了什麼？」謝立婷說。張亞夫看她一眼，「不知道。」張亞夫說。「白澄澄、亮晶晶的……。」謝立婷喃喃自語了起來……。

村民在海岸邊築起棋格子讓海水流入，又在平野地搭起火窯烤野鹿，在珊瑚礁岩裡煮著海水，珊瑚礁岩湧入大量海水，村民在珊瑚礁岩上慢慢放入海水，在太陽的吸收下，海水漸漸的變成了白色的晶塊，豐收的村民拿起木桶用鐵鏟和木杓一鏟一杓的裝起來，在港口交運，在市集買賣，在村落把這白色晶塊當作醃魚；醃肉的好材料，白澄澄的晶體在海灘上發亮著。Anbun 把醃好的魚放在罐子裡，等到無法出海抓魚的時候，就可以拿來吃，「聽說平戶商人很喜歡這個白色晶體，每次都是大量大量的買。」Abuk 說。「不僅這樣，連明朝商人也喜歡這種東西。」Tull 說。「管他的，這種東西從海裡面就有的，真的是海神送的禮物。」Anbun 說。「海神的禮物，總有一天會因為貪心而用完，還有珊瑚粉末聽說海盜也很喜歡。」Tull 說。「Gie lim 村民為了珊瑚粉末還跟海盜在海上打戰。」Abuk 說。「結果呢？」Anbun 說。「結果 Gie lim 村民英勇抵抗了海盜。」Abuk 說。三個人守著海灘，守著大海，守著白色晶塊，風開始變強了，海上的波紋變大了，海上又發生戰事了嗎？「最可憐的是 Saccam 村民，辛辛苦苦製作出來的白色晶塊被明朝海盜搶走了。」Tull 說。「明朝海盜這麼壞嗎？」Anbun 說。「這一批在 Saccam 村的明朝海盜不是商人，他們手上有武器，常常無緣無故地殺死 Saccam 村民，Saccam 村民為了躲避這些從海上來的海盜，統統都跑到山野上去住了，不敢在 Saccam 村居住了，偶而偷偷在海灘看見這些明朝海盜都會坐在戎克船上面，有武器的那種，去跟 Provintia 人打戰，還有其他海盜也都跟明朝海盜作戰。」Abuk 說。「我聽說了，這批明朝海盜是從 Pescadores 海域跟平戶商人發生衝突，後來又遇上了 Provintia 人，兩方不知為了什麼打起來了。」Tull 說。「然後他們就逃到 Saccam 村外面的沙灘上居住了下來。」Anbun說。「是這樣吧？」Tull說。「Saccam村民害怕海盜從此不走，還真的不走。」Abuk說。海浪越來越大了，三個人趕緊收拾木桶回家，「那海盜會不會到Souangh村來？」Anbun說。「不知道。」Abuk說。海盜會不會來？這是一個大問題，Anbun心裡想的是村民已經融合了其他族群了，這白色晶體會留在大海嗎？珊瑚礁岩還在嗎？「唉呀！」Anbun跌了一跤。「怎麼了。」Abuk說。撫摸痛腳的Anbun站了起來，Abuk扶著她，笑容殘留在Anbun的臉上。

「冰棒吃完了。」謝立婷說。燦爛的笑容在陽光的照耀下顯得更亮麗，「你剛才在想什麼？」張亞夫說。「咦？」謝立婷迷惑地看著他說。「吃枝冰棒也可以想得這麼入神。」張亞夫說。謝立婷傻笑著。兩個人持續享受溫馨的時光，這一片神秘的平地吸引著不知名的遊客，站在漁塭旁看著寧靜的水面，卻不知從何時起寧靜的海變成爭奪的角力。

在空曠無邊的大海望著遙遠的天邊，吹著沁涼的海風遮住了陽光的視線，蒙蔽了自己的眼睛。「第一次坐這種膠筏船遊湖，感覺上好像坐上了舢舨船在大海上一樣。」謝立婷說，望著空曠的視野，心情也變得輕鬆起來。「是啊，平時上班都關在鳥籠裡，這下飛出來了。」張亞夫說。謝立婷扶起被風吹歪的帽子，對著張亞夫傻笑著。聽得解說員解說，心情好像飛出了這一大片海。站在軟綿綿的沙灘上，謝立婷努力在沙灘上尋找記憶中的貝殼，風吹揚起沙塵，張亞夫瞬間將她擁在懷裡抵擋沙塵的入侵，在沙塵風暴中又跌入另一種記憶……。

「快，快，快到了。」Tull 說。「在哪？」Anbun 說。「你看！」Tull 指著海的方向說。Abuk 看著 Tull 和 Anbun 站在沙灘上，自己也遠望大海，Anbun 看著木桶裡裝著 Abuk 和 Tull 的戰利品，別說魚蝦，連珊瑚也是滿滿的，Abuk 拿起一塊紅珊瑚，「這個給妳。」Abuk 說。Anbun 接過紅珊瑚說：「這塊紅珊瑚很透明，亮麗，海裡真的有這麼一個寶貝。」「當然啦！」Tull 說。「從 Saccam 海域到 Pescadores 海域以及 Gie lim 海域都有珊瑚的存在，甚至連遠在 Plam island 海域都有珊瑚的蹤跡。有很多很多的海藻、海藻就像依附山野上的野草菁依附著珊瑚。」Abuk 說。「沒錯，野草菁隨著風擺動猶如浪花隨著海水飄動；海藻也會隨著珊瑚擺動掀起海底浪花。」Tull 說。「我真想看。」Anbun 說。三個人坐在沙灘上吹著風聽著海浪聲，直到海水變色與天空染紅的那一霎那，這才叫做不知人間何物。Anbun 坐在沙灘上赤腳頂著冰涼的海水，掬起海水片刻，魚蝦突然嚇醒，Anbun 在戲水的時刻被礁岩絆倒，Abuk 突然衝上海面扶了她一把，「要小心，海底很滑的。」Abuk 說。Anbun 用深情的眼眸望著 Abuk，突然有兩隻不易控制的小鹿在心底狂奔。「來，我教你採珊瑚。」Abuk 說。於是 Anbun 在 Abuk 的陪伴下在海底中自由自在的飛舞，像水晶宮一樣的美人魚是 Abuk 心裡對 Anbun 的稱呼。Tull 從遠處海域游過來，「原來你們在這？」Tull 說。「怎麼了？」Abuk 說。「我在那邊發現屍體。」Tull 說。「又開戰了？」Abuk 說。「肯定是的。」Tull 說。「那我們得趕快回岸上。」Abuk 說。Tull 護著 Abuk 和 Anbun 往岸邊游去。就在他們上岸浮出水面的一剎那，一把箭射中了 Abuk，唉了一聲，Tull 扶著 Abuk，Tull 看著被射傷的 Abuk 又看著明朝海盜，當海盜欲接近時，平戶商人出現了，兩方人馬奮力一搏，Tull 扶著 Abuk 和 Anbun 很快地逃離了沙灘，在平野上，Anbun 從野地裡找到了草藥，在石頭上磨碎，準備給 Abuk 敷上，Abuk 痛的昏睡過去，「不要緊吧。」Tull 說。「等等看好了。」Anbun 說。Tull 和 Anbun 看著昏睡中的Abuk又擔心海盜不知何時追趕過來，草地裡又有動靜，一隻野鹿跑過，Tull拿起長茅刺過去，晚餐有著落了……。「哇，你看。」Anbun突然大叫。「什麼？」Tull說。從海上反射過來的夕陽顏色，雲層像燃燒的烈火，亮麗、迷炫，「好美的天空。」Anbun說。這燃燒的烈火像刺中了心臟一樣，淚水流出了一點一滴的血液在大海上發起紅色亮光延燒到山野上的芒草菁裡。

「你在想什麼？」張亞夫看了謝立婷一眼。「看著這一片沙灘可以任意地奔跑，心裡很舒服喔。」謝立婷說。「這裡的夕陽也很美。」張亞夫說。「可以待到賞夕陽嗎？」謝立婷說。「我們不能錯過最後一班膠筏船。」張亞夫說。「如果自己有一艘舢舨船就可以自由進出大海啦！」謝立婷喃喃自語地說。謝立婷露出陽光般的笑容溶化了這沙灘的憂鬱之心，緊緊繫著兩顆漂流海上的心。

謝立婷回首張望著平坦的魚塭，從來沒有人想過這片魚塭是由一段血和淚交織的大海；漂流在海上的槍聲如同在山林裡飛奔的雨水，不知不覺地失去了自己的家園，不知不覺地失去自己的生命……，染紅的珊瑚礁岩和水藻，只留下多樣的蚵仔盪漾在海面下……。

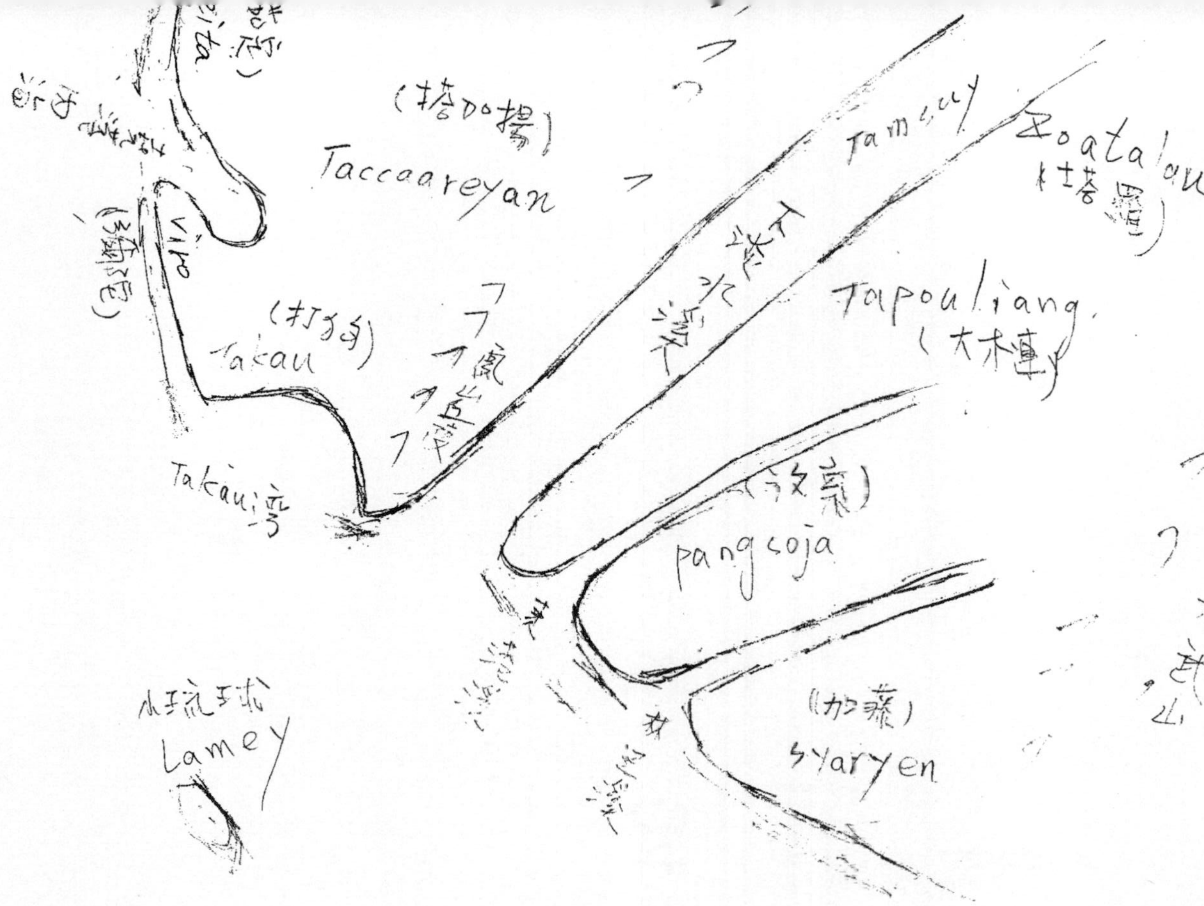
(搭加揚)
Taccaareyan
Tamsuy
Tapouliang
(大木連)
(打狗)
Takau
(放索)
pangsoja
(加藤)
syaryen
小琉球
Lamey
大武山

16世紀高屏溪手繪圖

04

高屏溪畔的山寨港

跳過迷惘的三月天，大地在陽光的普照下，所有顯示三月的訊息正是戀情盪漾的好時節，從春風吹起第一片初春的落葉開始，就顯示出春天的到來，笑容呈現在每一個人的臉上，在咖啡座等待張亞夫的到來，謝立婷閱讀著報刊雜誌，「等很久了？」張亞夫說。謝立婷抬頭看了一眼張亞夫說：「你來了，坐呀！」張亞夫順著謝立婷的話坐在對面椅子上，「說吧，有什麼事？」張亞夫說。「沒事就不能找你喝杯咖啡喔？」謝立婷嘟著嘴說。張亞夫笑笑，服務生送來咖啡之後離開，張亞夫攪拌著咖啡，「中國石化工廠又毒氣外洩了，造成一死三重傷，中國石化廠跟國光石化廠有一樣嗎？」謝立婷說完，放下雜誌在桌面上。「說一樣也可以啦，反正都是石油附產品的工業原料。」張亞夫說。「那不就會影響環境了，跟六輕石化一樣。」謝立婷說。「應該是吧。」張亞夫輕回一句。沉默數分鐘，店裡的客人持續交談著，音樂聲撫平著驛動的心，「中國石化是在高雄吧，高雄以前叫什麼來著？」謝立婷突然想起又想不起的說。「叫 Takau，這是最原始的地名，一個港灣。」張亞夫看著她說。「啊，對啦，是一個海港。」謝立婷突然輕拍一下桌面說。「妳要嚇人啦，旁邊的客人都被妳嚇倒了。」張亞夫說。謝立婷露出陽光般的笑容對著張亞夫傻傻地笑著。「你帶我去高雄好不好？」謝立婷有些嬌嗲地說。「高雄？開車很遠哪！」張亞夫不太願意地說。「好啦，帶我去啦……。」謝立婷在懇託撒嬌地，張亞夫終於融化了立場。「好了，別撒嬌了，找個時間帶你去好了。」張亞夫說。看著露出愉悅笑容的謝立婷，在這幽靜的咖啡館甜蜜如花蜜，在謝立婷心裡直想著高雄有什麼好玩的秘密，也不知道那裏是不是有平戶商人和明朝商人在做交易，高雄市是一個什麼樣的地方？又會是什麼樣的一個仙境之地呢？謝立婷持著咖啡杯傻傻地笑著，張亞夫看著她的舉動不自覺地笑了，兩人在這樣的笑意中不經意地四目相望，也望出一片好心情。

在業務交接中，張亞夫被派駐高雄的消息傳來，這下可樂得謝立婷，幾番通訊連繫中，謝立婷安排個兩天假期到高雄與張亞夫會面，這一天終於到來，非常地快速，搭著高速火車，沿途由高樓變成平野……。在火車上，謝立婷沉沉地睡去……，在睡夢中，Takau 這個海港突然出現一艘舢舨船，Taro 和 Amo 駕著舢舨船繞過沙灘在海裡撈魚，遇上了海盜正在遠處航行，在波動的海面上搖晃著一股不安的情緒，Taro站在沙灘上看著天邊的雲朵正在被太陽光射出來的光芒染映著，連接在海上的浪紋，閃閃動人的炫光照耀著海底，俯瞰著海底正透著亮光發射出訊號，水藻搖曳丰姿，魚群擺盪，正當Taro凝神望著海底時，Amo突然出現了，「你在幹嘛？」Taro說。「到下面來。」Amo說。看著海中的Amo，Taro不可思議地跳入海中，「哇，好美。」Taro說。「是啊，剛才發現的。」Amo說。「我們一直都只知道坐著船打撈魚，卻沒有發現海底也可以下來玩。」Taro說。「是啊。」Amo說。「那是什麼？」Taro說。「那應該是平戶商人說的Sanga吧！」Amo說。「搖曳擺動著浪紋，吸引著水中的魚、蝦、貝，珊瑚散發出來的光芒正好和水面上襯映著。」Taro說。砰……砰……，驚嚇了Taro和Amo探出水面，又砰……一聲，兩人爬上岸撐著舢舨船回到了港灣。鏗鏘一聲撞醒了熟睡中的乘客，原來是販賣車不小心碰撞了椅子，服務員驚嚇的看著驚醒的乘客，謝立婷也在此時醒來，迷濛的黑夜漸漸有了泛白的亮光，謝立婷看一下時間，五點二十八分，再過不久就要到高雄了，高雄究竟有什麼地方吸引著大批的旅客，真叫人期待。

清晨時分，微微寒氣吹在身上，顫抖一下身子，謝立婷踏出高雄車站向外張望，就像在港口等待歸來的親人用殷切地目光在尋找親人的足跡。港口船隻繼續為了下一個旅客忙碌，車站前的計程車呼喊聲正在召喚著每一位旅人的期待。「你在看什麼？」張亞夫輕拍著謝立婷的肩膀說。謝立婷有點驚嚇地看著他。「怎麼？嚇倒妳了？」張亞夫說。「大清早的，別亂嚇人，好不好？」謝立婷拿起行李，張亞夫接過行李，兩人往停車場去。「誰叫妳，大清早，發什麼呆嘛！」張亞夫邊走邊說。「喔？」謝立婷輕回一句。「先吃個早餐吧。」張亞夫說。「嗯。」謝立婷點頭。張亞夫的車子行駛在車道上猶如舢舨船在海上航行，忙碌的車痕劃過路面留下沙紋就像舢舨船在海上留下的船痕激起的浪花一般。「這裡有跟Chaccam那邊的海灣一樣嗎，許多大的海盜船跟舢舨船打戰。」謝立婷突然冒出這句話，張亞夫笑笑看著她。天空也漸漸亮了起來，市集也開始忙碌起來，張亞夫看著望著窗外的謝立婷露出淺淺笑意，沒有說話，一直到家，張亞夫放下行李，「先休息，吃過早餐，我們在去逛逛，你想去那？」張亞夫說。「嗯…。」謝立婷邊說邊想著，「難得來高雄，總該有個底吧？」張亞夫說。

「是沒錯啦！我想去西子灣、旗津，晚上夜遊愛河。」謝立婷說。「這樣喔。」張亞夫輕答一句。謝立婷邊吃著早餐邊想著，突然冒出一句說：「Takau 真的是一個海灣喔。」「咦？」張亞夫笑著回答。沉默取代對話，當太陽射進第一道光在屋內時，斜影飄盪的枝椏有如晃動的海水。

在市集裡閒晃著，觀光客真的很多。「那是什麼？」謝立婷指著排隊的路人說。張亞夫瞧瞧望望，「坐渡輪吧。」張亞夫說。「像淡水河一樣嗎？」謝立婷說。張亞夫環看四周，「這裡的渡輪也帶有生活上的運輸意味。」張亞夫說。「這裡到旗津嗎？我們也去坐看看。」謝立婷說完，拉著張亞夫走過去。夾在人群隊伍中的謝立婷和張亞夫彷彿置身在港口的商人在與村民做交易，船夫的吆喝聲和群眾的推擠聲形成了固定的生活型態，謝立婷站在港口的通道上看見這一群上上下下的旅客，不知不覺中看見了一個影像……。Taro 和 Amo 背著竹簍和木桶駕著舢舨船要出海去打漁，在海上看見正從外面回來的船隻，村民和商人背著布包在等待出港的船隻，在這次的交易中能獲得一些物資，漂浮的海把船隻搖晃的像山坡上跳躍的野兔，在搖晃中，許多的村民依然用最堅強的生命與大海搏鬥。Taro和Amo的舢舨船在沙灘上擱淺著，兩人駐足在沙灘上，望著這一片大海，滾動的海水和跳動的雲朵在夕陽的照耀下變的更亮眼和燦爛。突然砰——砰——，一個碰撞聲把謝立婷從幻想中敲醒，傻傻地看著張亞夫說：「發生什麼事？」「小朋友太調皮了，不小心撞到欄杆。」張亞夫說。「喔。」謝立婷輕回一聲。「上船吧！」張亞夫催著她。兩人依著人群上了渡輪，在船上，有老人、小孩、年輕男子、年輕女子，各式穿著都有，臉上的表情是喜、怒、哀、怨的交響曲，謝立婷從人群縫裡看著船艙外的大海，來往在這大海中的渡輪瞬間變成了舢舨船和戎克船，船上的交易物資從大海裡來的，這個海在多重的海盜船交戰中留下了血的印記……。

Chaccam海灣早已駐足了不少海盜船，為了Sanga的爭奪戰，村民不惜犧牲生命保護著Sanga，為了讓大海具有極大的生命力和村民同在，村民駕著自己的舢舨船，帶著竹箭，來回不停地穿梭在海上，礁岩上，海岸邊集結了村落的巡守隊，海盜船始終無法上岸，有一次從Chaccam海灣傳來消息，說海盜進入港灣強奪物資，海盜和Chaccam村民打起來，Taro在沙灘上觀望，「這一片湛藍大海和沁綠的海底世界真的是相映成輝。」Taro說。Moi看了Taro一眼，「在這裡吹吹風，心情好多了。」Moi說。Taro側看Moi一眼，Amo急忙跑過來，喘口氣說：「原來你們在這裡，你們還有心情在這裡欣賞風景。」「發生什麼事？」Taro說。「Chaccam那邊發生戰事了。」Amo說。「啊？」Moi驚了一聲。「聽Chaccam那邊的村民說Pescadores那邊發生了戰爭。」Amo說。「是嗎？那Lamey那邊有什麼事嗎？」Taro說。「Lamey？」Moi猶疑一下。」「Lamey倒是沒什麼問題，不過那裏的村民常常看到一些海盜船往Pescadores海域方向去了。」Amo說。「那一定是去明朝做生意的海盜船，明朝商人常常在Pescadores那裏和海盜發生戰鬥，然後逃到Chaccam港避難了。」Taro說。

看著這一片海任誰也想不到這來往的船隻竟然會在村民的眼前用生命奉獻給大海，用血染紅了大海，只為了這海底的珊瑚。起風了，浪漸漸飄浮在水面上，「該回去了。」Taro說。Taro和Amo駕著舢舨船帶著Moi回到村落，從沙灘上望著金黃帶綠的海面，色彩美極了。砰——砰——，海面上不斷傳來炮火聲，不知驚動了多少海底的魚群？當Taro的舢舨船在內海中行駛，在靠港的時候看見村民急急忙忙地卸下船上的貨物，有一個村民說：「要快點，海盜要進來了。」「海盜？」Amo 說。「從 Chaccam 那裏的村民說明朝商人和 Provintia 人在 Pescadores 海域打戰，結果四處逃離，有的逃到 Gie lim 港，有的逃到 Mattau 港，現在說要逃到 Takau 港來了。」村民說。「Takau？不就是我們這裡的港口嗎？」Amo 說。「是啊。」村民說。「現在海上那麼亂，得回去告訴族老才行。」Taro 說。三個人和村民離開了岸邊沿著荒草坡回到村落的家。

「要下船了，你還不快點。」張亞夫碰了一下謝立婷，把謝立婷從夢幻中拉回現實。看著已經下船的旅客，謝立婷看著張亞夫，兩人也跟著下船，「這裡變的好多喔，人也越來越多，房子也變多了。」謝立婷說。「是啊。」張亞夫說。「這裡的風景要多虧它以前是一個港灣才能留得住海的美。」謝立婷說。「是嗎？」張亞夫說。「你說過只要靠近海，就能看見美麗的夕陽。」謝立婷說。張亞夫看著她沒有說話，「Plam island 海域到 Rokau an 海域，再從 Gie lim 海域到 Pescadores 海域到 Ma sakau 海域，又從 Chaccam 海域到 Takau 海灣，這一大片海域充滿著無限秘密，從天邊灑下的一道亮光劃破的海面，在海底的搖晃中展現出來不一樣的美。」謝立婷說。「妳說了那麼多，真佩服妳。」張亞夫說。「肚子餓了耶。」謝立婷摸著肚子說。張亞夫笑笑，「走吧，吃東西去。」張亞夫牽著謝立婷的手混入在人群中。

看這一片沙灘不知留下多少腳印，也不知留下多少笑臉，更不知留下多少血痕，那淚水摻雜的沙灘早已被海水淹沒了，被淹沒的血淚沉沉地在大海底下睡去，在睡過數百年後的今天又再度被人喚醒，「旗津的沙灘跟七股那邊的沙灘不一樣耶。」謝立婷說。「咦？怎麼個不一樣法？」張亞夫說。「雖然跟淡水的沙灘比是好很多，可是比七股的沙灘少了什麼似的。」謝立婷說。「都汙染了。」張亞夫說。「咦？」謝立婷輕回一句。在沙灘上漫步走著，衝衝撞撞的小朋友玩得不亦樂乎，「真是小朋友的天堂啊！」謝立婷感慨的說。「以前的海要是還在就好。」張亞夫說。「海？像 Chaccam 那邊一樣嗎？謝立婷說。「是啊。」張亞夫說。「Chaccam 的海也不見了，這 Takau 的海還會在嗎？真的很懷疑。」謝立婷說。「我要吃烤魷魚。」謝立婷繼續說。兩個人持著烤魷魚坐在石椅上，面向大海，海浪由淺而深，由小而大，海浪漂起的花朵正如他們身邊的小花圃裡的花朵一樣。「這些花好不自由喔。」謝立婷目光轉向身旁的花圃說。「什麼？」張亞夫輕嘆一句。謝立婷又將目光轉向張亞夫之後，轉向大海，「不過，總比在城市裡的花幸福多了。」謝立婷說。這些話讓張亞夫默默地看著她，沉默數分鐘，「怎麼了，眼神那麼憂鬱，既然出來度假就開心一點嘛！」張亞夫說。謝立婷看了他一眼，露出笑容，沒有說話。「就是嘛，你的笑容多美。」張亞夫說。「少耍嘴皮。」謝立婷抿嘴笑說。「其實你說跟 Chaccam 村一樣的海，不是在 Takau 這裡，而是另外一個叫 Viro 的港口。」張亞夫說。「咦？那是什麼地方？」謝立婷迷惑地看著他。「那個地方要從岡山說起。」張亞夫說。「岡山？」謝立婷說。「岡山是一個小山丘，山下就是一個海，Viro 就是那個海的港口。」張亞夫說。「Viro 港像 Mattau 港一樣嗎？」謝立婷說。「嗯，從 Viro 港出海就可以看到 Chaccam 那邊的海。」張亞夫說。一道黃澄澄的雲霧從天邊落下延綿海面，亮澄澄的光芒驚豔四方，遊客也藉此留下美麗的記憶，那通紅的夕陽斜照謝立婷的臉並掃除憂鬱，「我們去岡山好嗎？」謝立婷看著張亞夫說。到底岡山那邊的海能隱藏多少不為人知的秘密？在高雄不只有 Takau 的秘密，竟然還有Viro港的秘密，從旗津到西子灣到Viro海域，究竟和Chaccam海域有什麼秘密關聯……？

航行在愛河上的輪船，搖曳著風浪，聽著解說員述說著愛河的過往似乎不太能滿足謝立婷，謝立婷站在船邊望著被霓虹燈影照射的海面，浮光掠影，掠出了一段可悲可泣的影像……。

Amo的舢舨船在大海上飄盪，Moi一個人在沙灘上撿拾貝類和海藻，Taro也駕著舢舨船來到大海中，看見Moi一個人，「Amo呢？」Taro說。Moi用手指了海面，「Amo下去海底了？」Taro說。「嗯。」Moi輕回一句。站在沙灘上向一片汪洋大海張望，「真是的，Amo應該知道海底多危險。」Taro說。「危險？」Moi說。「是啊，海底有大魚，會吃人的那種，很多從Pescadores海域過來的村民都這樣說。」Taro說。「那Lamey那邊的海域一樣有會吃人的大魚嗎？要叫Amo回來嗎？」Moi說。「不會吃人，你們看，這是什麼？」Amo從海底浮上來，手裡拿著一把珊瑚說。「這個……。」Taro有點吃驚地說。「這個就是讓海底發光發亮的東西，跟Chaccam村民和Gie lim村民在海底看見的一模一樣。」Amo說。「那是什麼？」Moi說。「Sanga，是海盜商人最喜歡的。」Taro說。「海盜商人？」Moi說。「聽說Sanga可以用來製鹽、醃肉，蓋房子。」Amo說。「讓海底發光發亮的東西。」Taro自言自語地說。「從陽光在海的那一邊放下光芒，沿著海水穿透過來的亮光照映在海面上，滲透著珊瑚從海底飄逸出的光芒交錯著透紅而亮麗的泛黑色彩，怎麼也難以形容。」Taro說。「我們在山坡上看海、看夕陽，從海上看夕陽，感受是不一樣的。」Amo說。砰——砰——。打斷了Taro和Amo的對話。「發生什麼事？」Moi說。「大概又發生打戰了。」Amo說。「在哪裡？」Moi說。Amo整理著舢舨船，「我們要在太陽完全下去之前回到村子。」Amo說。「嗯。」Taro說。Moi面對Amo和Taro這樣舉動更加好奇。「剛才那……砰……一聲是什麼意思？」Moi說。「海盜要來了，上船吧！」Taro說。「海盜？」Moi說。「是明朝海盜和平戶商人在海上打戰。」Taro說。「不僅這樣，還有其他不同的海盜，Chaccam村民出海時常常看見有海盜爬到他們的村落去。」Amo說。「不但如此，Chaccam村民也看到海盜跳海的事情。」Taro說。砰——，砰——，砰

——，Taro和Amo帶著Moi回村子，舢舨船航行在寂靜的海上，當太陽的紅光染上海面時，那海面下的亮光是否隨著染紅的夕陽也染紅了海底，Taro和Amo不知道自己的村落正被這一幕悄悄吞蝕著。風將Moi吹歪了，Taro將Moi扶好，風大，站不穩，「還好吧？」Taro說。「嗯。」Moi說。兩人四目交接的餘光有如夜幕前的那一絲陽光。

「哎喲！」謝立婷被風吹了一下。張亞夫扶著她，「進去船艙吧！」張亞夫說。謝立婷將頭髮撫順，顫抖了一下，「冷吧！」張亞夫說。「有一點。」謝立婷說。張亞夫牽起她的手往船艙裡去。

梳洗過後，謝立婷打個噴嚏，揉揉鼻子，張亞夫抬頭看她，「怎麼了？愛吹風喔，感冒了。」張亞夫說。謝立婷甩甩手，坐下來說：「你又在辦公了。」「不，在玩遊戲。」張亞夫說。「不會又再紓解壓力吧？」謝立婷笑著說。張亞夫笑著看她一眼，沒有說話。「我想看電視。」謝立婷說。「好啊。」張亞夫輕回一句。謝立婷正專注地看著電視，又吃著零嘴，張亞夫邊看著她邊微笑著，「電視上正在介紹彌陀港，怎麼看起來像Rokau an一樣，好美的港口。」謝立婷突然冒出這句話。「彌陀港就是 Viro 港。」張亞夫說。「咦？」謝立婷看他一眼，又繼續看著電視。「那麼說來彌陀港那裏真的是一個海囉。」謝立婷看了張亞夫一眼說。在謝立婷心裡對 Viro 港充滿著好奇之心，因為她不知道這個 Viro 港跟 Chaccam 港有著密不可分的關係，電視機裡的介紹正深深地潛入了謝立婷的心裡，不知怎地謝立婷眼皮開始沉重了起來……。

風吹草動荒野上，幾隻跳動的野鹿和山豬在草叢裡奔跑，Amo 和 Taro 打了一隻野鹿，兩人準備要下山回到村落，碰見了 Moi 正走過來，「你們要去哪？」Moi 說。「回村子去。」Amo 說。Moi 看著 Amo 和 Taro 兩人手中提著一隻鹿，「把它放著，等一會再回去，跟我去那裏。」Moi 說。「去哪？」Taro 說。「Viro 那裏。」Moi 說。「咦？Viro？好，順便可以把鹿賣了。」Amo 說。「賣鹿？」Moi 說。「聽村民說很多從 Chaccam 來的平戶商人也會到 Viro 村來跟村民做買賣。」Amo 說。「真的啊？」Moi 說。「咦？你怎麼會想要去 Viro 呢？」Taro 說。Moi 轉轉頭，「在這條山路，我常常一個人在這裡看著山下的海，有一天村民說山下有個 Viro 的地方，那附近有許多沙灘，在沙灘上看著海景很漂亮，而且還可以到海裡面去，說海底很漂亮的。」Moi 說。「這樣喔，那應該說的是 Sanga 啦！在 Sanga 的世界有很多魚、藻、貝、蝦，飛來飛去，好漂亮，還有 Sanga 那搖曳的丰姿擺動著海水揮灑出曼妙的色彩正好配合著夕陽的光芒。」Taro 說。「哇，一定是，我們去捕魚的時候不也看過 Sanga 的美嗎？」Amo 說。「嗯。」Taro 說。「那好，現在就到 Viro 的沙灘去。」Moi 說完拉著 Taro 走，Amo 跟在後面走。從山上的荒草坡來到海岸沙灘，Taro 很快地和平互商人做了交易，得到了自己想要的東西，村子裡什麼都不缺，只缺用來打獵的工具和捕魚的網，當 Taro 和 Amo 和平戶商人達成交易時，也聽到了不好的消息，Provintia 人已經來到 Chaccam 村了，而且還跟 Chaccam 村民打戰，Provintia 人還在 Pescadores 海域和明朝商人打戰，結果傷亡很重。「原來這就是沙灘啊，風好涼，海水好沁藍跟天的顏色一樣。」Moi 說。Moi 沉浸在海的吹襲中，想著自己若能潛入海中與珊瑚共舞那該多好。「咦？你在想什麼？」Amo 說。Moi 看了 Amo 一眼，又看了 Taro，「怎麼樣買賣好了。」Moi 說。「嗯。」Taro 說。「你這樣吹著風會著寒的。」Amo說。「今天的風是有點大，大概海上又有大風要吹來了。」Taro說。「大風？」Moi疑了一下說。「就是海上會掀起很大很大的風，連山上也會起霧的風。」Amo說。「起霧就不能出海了。」Moi說。「是啊，海上發生的事比我們這裡發生的事多很多。」Taro說。「會有什麼事？我們這裡的海跟外面的海有什麼不一樣？」Moi說。Taro和Amo兩個人笑著看著她，「你們笑什麼？告訴我啊。」Moi說。「告訴妳太多，怕妳不敢來到Viro的沙灘。」Taro說。「為什麼不敢來？」Moi說。「因為有海盜啊。」Amo說。「海盜？」Moi說。三個人互相看了一眼，海灘旁的村民正在舢舨船上和平戶商人做交易，有的時候也看見戎克船進來作買賣，「咱們這海應該不會有海盜吧？」Moi說。「很難說。」Taro說。Taro看著四周，「該回去了。」Taro說。「要是晚了，山路也不好走，說不定會碰上大黑熊呢。」Amo說。「大黑熊？」Moi驚了一下說。Taro看了Moi一眼，笑笑沒說話，碰了一下Amo的手，往回山上村落的路走去，Amo和Moi也跟著走，三個人從海岸沙灘到荒野山坡，鳥叫蟲鳴，野花肆放，夕陽的亮光正從天空裡灑下一件金黃罩衫籠罩一點黑色的薄紗在海面上，三個人的心緊緊繫著，「唉喲！」Moi叫了一聲。「怎麼了？，」Amo說。「沒事，踢到石頭了。」Moi說。「不要緊吧。」Taro說。Moi撫摸著痛腳，站直了身子，「沒關係。」Moi說。「走吧。」Taro說完，牽著Moi的手繼續往前走，「真的有海盜嗎？Chaccam那邊的海一樣有海盜嗎？海盜可怕嗎？」Moi沿路一直這樣問著，Taro和Amo就是不回答，「這麼想知道，下次帶你來看海盜好了。」Amo轉頭對Moi說。Taro看了Moi一眼，突然之間一隻野鹿從旁邊的草堆裡跑過，「吼，晚餐有著落了。」Amo說。Taro射出一隻竹箭，野鹿倒地，「你射箭很準喔。」Moi說。Amo和Taro從草堆中將鹿抬回家。

謝立婷搖著頭，醒了，睜開眼睛看著張亞夫，「你醒了。」張亞夫說。「你在幹嘛。」謝立婷不解地問。張亞夫笑笑關上門說：「我要準備睡覺了。」「咦？你還沒睡呀！」謝立婷說。「哪有人像你看電視看到比電視先睡著。」張亞夫說。「現在是幾點？」謝立婷說。「十一點三十二分。」張亞夫說。「這麼晚了？」謝立婷說。張亞夫早已躺下作夢去了，留下謝立婷一個人靜靜地走進浴室……。

清晨微光照著，滲透著些許迷霧，陽台上的花草沾上幾滴露水，謝立婷從窗檯向下望，然後回到屋內，看著張亞夫，「你要出去啊？」謝立婷說。「買早餐。」張亞夫說。「對喔，這裡不是台北，我不能做早餐，出去吃好不好？」謝立婷露出笑容說。「這——。」張亞夫遲疑了一會。「我想多看看高雄嘛。」謝立婷說。「好吧！」張亞夫說。兩人一起走出屋內，下樓去了。

鄉村的早晨總是多一份寧靜，老人自家門口閒聊的畫面在大都會是很難得看見，三五好友聊天聊到翻，雖然偶而也會有電視上說的因為一時聊得很開心與氣憤而傷害對方，但這並不能完全抹煞了好友相聚的意義。「妳在想什麼？」張亞夫看著發呆的謝立婷說。「沒什麼。」謝立婷回神。喝了豆漿掩飾剛才的表情。張亞夫搖頭，兩人繼續把早餐吃完，謝立婷忽然看了張亞夫一眼，笑了起來，這笑容像早晨的陽光，那樣迷人，那樣溫和，早餐就在甜美笑容中完成。張亞夫拿起背包準備要出門了，看了謝立婷一眼，「要出發了嗎？怎麼來高雄也變成電視兒童？」張亞夫說。謝立婷關掉電視，站起來，「剛才在播岡山有羊肉火鍋，我們中午去吃好不好？」謝立婷拿起放在椅子上的背包說。「好啊，中午吃羊肉火鍋，晚上就去興達港吃海產囉！」張亞夫說。「咦？我們不是要去彌陀看夕陽嗎？」謝立婷說。「走吧，車上再說。」張亞夫開門要出去了，謝立婷走了出去。張亞夫的車子在往岡山的道路上，來往的車子也絡繹不絕，路旁的人們觀望，駐足，行走，忙碌於生活之中，張亞夫的車子像一艘開往港口的戎克船，準備在不知名的海域得到自己想要的物資，戎克船身處在大海上與海盜商人發生各種衝突。「去——濟——。」張亞夫剎車。「什麼事？」謝立婷說。張亞夫看著她說：「前面車子有碰撞。」「你還好吧？」謝立婷說。「從旁邊繞過去好了。」張亞夫說。安靜沉默的時間使得謝立婷昏昏欲睡又沉重地眼睛為之一亮，看著窗外，「怎麼有漁塭？」謝立婷說。「被你發現了？」張亞夫說。「我們要去哪裡？謝立婷說。「把妳賣掉。」張亞夫笑著說。謝立婷作勢要打他，「你不是很想知道蟯港內海嗎？」張亞夫說。「蟯港內海？是那個有Viro港的地方？」謝立婷說。張亞夫笑笑沒有回答，車子行進在平坦的漁塭道路上，直往濱海遊樂區……。「南寮漁港？」謝立婷有點驚訝地說。「怎麼了？」張亞夫說。「讓我想起新竹市也有一個相同的南寮漁港。」謝立婷說。「其實叫南寮的地方很多。」張亞夫說。「咦？」謝立婷輕嘆一句。平坦的地形，點點陽光照射在漁塭的水面上透著一股亮光，這股亮光就像訴說著許多的海底的故事，這故事一直被流傳著……。

Taro 駕著舢舨船在海上航行，Amo 將舢舨船靠在海灘上，Amo 跳入海中，除了撈魚以外，還有一個喜好，觀看海底的世界，Taro 也隨著 Amo 潛入海底，每次都有不一樣的新發現，珊瑚用柔軟的身體撫弄著海水，讓許多水藻、草藻、小魚、蝦、蟹，無可退卻的接近了牠，在一場嘉年華會似的海底舞會，所有的人都參加了，Taro 和 Amo 這兩隻偽裝的人魚也充斥在這場舞會中，當水簾幕漸漸被劃開，看見了水面上的亮光，那是天神賜的陽光，透明潔亮的光芒，珊瑚舉高了雙手向天神招手，這恩賜的禮物，潔亮無暇的白在海水的幻化之下變藍、變紫、變紅、變黃、變綠、變橙，那透明的彩光用迷炫的心迷炫了 Taro 和 Amo 沉迷於海底忘記了回家。突然聽到，「快，快進港。」村民說。Taro 和 Amo 探頭出來爬上沙灘一看村民的舢舨船都紛紛進港了，在 Viro 港內紛紛靠岸，Taro 和 Amo 不得已也將自己的舢舨船划向 Viro 港口。「發生什麼事？」Amo 問了一位村民說。

「海上又發生戰事了。」村民說。「是哪裡發生的？Chaccam 村嗎？」Taro 說。

「不對，是，Ma sakau 沙灘那邊。」村民說。「聽 Saccam 村民說在 Pescadores 海域有一些海盜商人打起來了，打得很激烈，為了得到 Pescadores 海域的珊瑚資源和 Mattau 村民和 Gie lim 村民不惜流血戰鬥。」另一個村民說。「珊瑚，我們這邊不是也有？」Amo 說。「聽說珊瑚曬出來的白色粉末很有用途，所以海盜都很喜歡。」村民說。「我知道，在 Mattau 村那邊有平戶商人用這種白色粉末教村民曬鹽、醃魚，所以 Mattau 村民很喜歡跟平戶商人做生意。」Taro 說。「唉，自從明朝商人來了以後就變了。」村民說。「變了？」Amo 說。「明朝商人在海上做生意得到不少物資，可是有的明朝商人因為明朝官員變成了海盜了。」村民說。

「海盜？」Amo 說。「這我知道，從南方大海來的 Provintia 人要去明朝港口做生意，結果不允許，於是和Angle人還有 Provintia 人以及和平戶商人做生意的明朝商人都變成了海盜。」Taro 說。各種海盜商船突然地出現在一個原本悠閒地在沙灘上享受著大海寧靜的生活的村民被活生生的打破了，原本想獨自佔有的海岸美景和海底資源也活生生地被剝奪了。爬上荒草坡上駐足觀望大海，吹著微涼的風，Taro和Amo順著荒草坡爬過竹林野地，踩著腳上石子和沙土，灰濛濛的夜已漸漸從山頂垂落下來，往村落的路口有幾個手持火把的村民在來回走動，「是巡守隊。」Taro說。「巡守隊這時候出來，一定出事了。」Amo說。「嗯，快，走。」Taro用跑的腳步回到村落。Amo見到村民聚集市集，高談著話語，「果真跟海盜有關係。」Amo說。「是啊。」Taro說。當Taro和Amo在市集裡閒晃的時候，「你們在這裡。」Moi從旁邊說出這句話。Taro和Amo看著Moi，Moi笑著看著他們，「怎麼了？」Moi說。「你怎麼會在這？」Amo說。「出來看看，祭典有什麼東西缺的？」Moi說。「祭典？」Amo說。「難道你們不知道？」Moi說。「那為什麼有巡守隊？」Taro說。「那是因為族老們聽說最近海盜在海上發動戰爭怕影響村民準備祭典的事。」Moi說。「喔，原來是這樣。」Amo說。Taro和Amo如釋地放下了心和Moi一起在市集逛著，此時聽見Soulangh村傳來的消息……，「你們聽到消息了嗎？在Soulangh村舉行祭典的時候海盜打進來了。」村民說。「真的啊。」又一村民說。「Soulangh村民不僅僅受傷，而且還有Mattau村民也發生過爭鬥，村裡的人四處避難。」村民說。「我也聽說 Saccam 村民抵不過海盜，逃到山坡裡去躲起來了。」又一村民說。「那會不會到咱們 Taccaareyan 村來？」又一村民驚恐的問。「不太清楚。」村民說。「不過，慶幸的是族老已經派巡守隊去 Peita 加強巡邏了，有什麼事很快就會知道。」村民說。這一來一往的交談著打亂了 Taro 和 Amo 閒逛的心，身為 Taccaareyan 村的男子應該負起責任保護家園和自己心愛的人，Taro 和 Amo 同時看著 Moi，「你們在想什麼？」Moi 莫名地看著他們。Taro 和 Amo 顯得不自在些，轉移目光，繼續在市集裡走。「身為 Taccaareyan 的男子要勇敢地，負責地保護家園，Amo，現在開始，我們要勤練箭法來抵抗海盜。」Taro 說。「嗯，絕對不能讓海盜進來破壞家園，殺害村民，Taccaareyan 加油。」Amo 說。「Taccaareyan 加油！」Taro 舉手高喊。村民看著他，也跟著他高喊 Taccaareyan 村加油！一時之間，眾人集結，高舉雙手齊喊聲打倒海盜，Taccaareyan 加油！這一夜，村民激昂的情緒奮起，海上也不平靜，Provintia 人和明朝商人因為海上資源打了起來，船員跳海、中槍、血流大海，染紅大海，砰——，驚動了水波，引起大浪，飄向海岸邊，礁岩上的生物在這一夜無法成眠。

突然傳來一群學生的尖叫聲，好像發現新鮮事了。謝立婷被著一陣喧鬧聲拉回了沉思，「叫你吃個魚丸湯也能發呆這麼久？」張亞夫譏笑說。「耶！」謝立婷扮個鬼臉。觀光客進進出出的流動著，謝立婷看了一下四周，「現在呢？」謝立婷說。「去市區逛逛，然後再去海岸公園，來得及下午去興達港逛逛。」張亞夫說。「嗯。」謝立婷輕回一句。車行在街道上如同舢舨船在海上航行，街道的擺設變成了珊瑚礁矗立……。「入境隨俗吧，我們也去天后宮上香祈個福。」張亞夫說。「嗯。」謝立婷輕回一句。拈一支香，眾目所歸，眾望所祈，當生活出現困境時，當周遭變得不信任時，也只能信任上天，信任上天跟信任天神有什麼不一樣？純樸小鄉村在天神的照顧下，人人顯得知足常樂，稀稀落落的笑容掛在臉上。Taro和Amo悠閒地在市集裡逛著，充滿各式商品，商人從海上駕著舢舨船進出港口，背著布包，穿著粗衣，手提著竹簍，港口忙碌，市集更熱絡，Moi因為跑步而絆倒，Taro見到扶起她，「不要緊吧？」Taro說。Moi看了他一眼，「什麼事這麼急。」Taro說。「我媽生病了，要找巫醫。」Moi說。「好。」Taro說。Taro和Amo帶著Moi去巫醫的家……。一個老人被推著輪椅出來，一部機車緊急剎車，去—濟—。這樣一個動作驚嚇了謝立婷，「怎麼了？」張亞夫說。「沒事。」謝立婷望著公園一景說。「這麼逛了一圈，肚子倒是有點餓了。」謝立婷繼續說。「好吧，吃飯去。」張亞夫說。寧靜的村落在陽光的滋潤下依然雀躍著，閃閃的亮光在海面上透著一層說不出的秘密……，從海上變漁塭……，同樣有著活躍的魚在水面下享受著大海的滋潤。

海岸礁岩吹起徐徐的風，村民忙碌著收起大海中的網，活蹦亂跳的魚像音符般的發出美妙的聲音，離開大海中的魚在垂死掙扎中……。海岸邊的荒草野花隨風飄揚，隨風哭泣，燦爛的花朵在風的助勢下，搖曳生姿，陽光照得如此強烈，雲朵發揮流浪的旅人個性，帶走哀怨，帶來歡笑，從黑白交錯的薄紗變成幻彩的雲裳，一瞬間，大地籠罩在全彩的光芒中，沿著天空，沿著海，起伏的浪花正捲入金黃的漩渦裡調戲著海底珊瑚，捉弄著魚、蝦、貝及藻類，興奮地揚起衣袖，享受著這片刻榮耀與光芒。Taro和Amo的舢舨船來回穿梭在海中，從礁岩內到礁岩外，斜躺在舢舨船，坐臥、站立舢舨船，在礁岩上拿出竹箭射下荒草坡上的一隻野兔，在迷漫詭譎的海上，不時傳來炮火與打鬥聲，遠望海上的炮火流入海中，染上血的海面猶如一道紅色血海，挑戰著鷗鳥的嗅覺和海鯨的食慾。「看看這海的浪紋，鐵定又發生戰事了？」Taro說。「為什麼那些人這麼喜歡打戰？」Amo說。「這個問題問的好。」Taro說。村裡沒有人知道那些海上的商人來到這裡，為什麼喜歡打戰？人和人在一起享受天神賜的禮物，海神的創造不是很好嗎？村民永遠不解，海上這些巨大的波紋到底是海神製造的還是海盜製造的？總之，礁岩的色彩開始漸漸變色了。望著落入海面的太陽，Taro和Amo駕著舢舨船，帶著幸福的笑容回到港口，眼見一艘艘的舢舨船集結入海中……。Taro和Amo站在沙灘上望著大海，然後看著Amo說：「Amo，怎樣？」Amo先是一驚地看著Taro，然後和Taro一同跳入海中，「真舒服啊！」Taro說。「是啊。」Amo說。海底漂浮的水藻，魚、蝦，珊瑚用牠的雙手向每一個過客招手，從海面上射下來的光芒照在多樣的海底，反射著透亮迷炫的光彩，Taro和Amo就在這迷炫的光彩中不斷地旋轉、旋轉，轉出泡泡，轉出自在，「快上岸。」聽得大叫一聲，Taro和Amo探出水面一看。「那是什麼？」Amo說。「看樣子，出事了。」Taro說。Amo和Taro爬上沙灘，回到舢舨船上，看著陸續進港的村民，「快回去，怎麼還在這？」有一村民對著 Taro 和 Amo 喊著說。「海盜來了，Saccam 村民那裏打起來了。」一個村民說。看著 Chaccam 的海域中的確有炮火四射的光芒飛濺，異樣的海水波動驚嚇了海底下的魚，魚群四處逃竄，這一夜，不平靜的海挑動了山坡上的鹿群，也挑動著村民的神經，荒草坡上點亮幾盞星光，卻看不見人影，荒草坡上的流螢正迅速傳達海上不安寧的消息給每一個村落人家。

風沙很大，一個絆腳傾斜了身體，謝立婷重新站穩腳步，張亞夫牽著她的手，倆倆並肩散步著，這沿岸的海風吹著一種傳遞心靈的話語，遠眺著海面，陽光滲透著白亮的光芒閃閃耀目，「這樣下去，會感冒的。」張亞夫說。「咦？」謝立婷輕嘆一句。沿岸上的旅人彷彿越過了時空來到另一個海岸……。「我跟你說在 Pescadores 海域有很多珊瑚啦！」村民站在舢舨船上說。「是喔。」又一村民說。「Chaccam 的村民從 Saccam 海域一路到 Pescadores 海域捕撈，可說是大收穫。」村民說。「不過，有一個不幸就是會遇到海盜商人。」村民說。謝立婷在觀光飯賣部裡的一個海盜船模型發了個呆。「喔，妳呦。」張亞夫搖搖頭說。謝立婷拍拍臉，然後說：「我肚子餓了。」「又餓了？」張亞夫說。「嗯。」謝立婷輕回。「忍耐一下，等會去興達港的時候再吃晚飯。」張亞夫說。「不過，我想先吃零食。」謝立婷說。張亞夫手一攤，兩人往市集裡走去……。

張亞夫的車子像一艘舢舨船航行在海上，謝立婷聽著車窗外的風像一股打鬥聲，平坦的道路一眼望去，遼闊的視野讓人像飛奔出去的小鳥，自在遨翔的飛躍，漫遊在空中，就像盪漾海上的船隻，在搖曳的波浪上擺盪每個跳躍不安的心。張亞夫不時看著謝立婷，謝立婷沉默的眼神中突然沉默，「好想睡。」謝立婷說。「好吧，等到了我再叫妳。」張亞夫說完，採下油門，急速前進。長長的夕陽斜影從天邊照落下來，在水面上散落金粉，雀躍的魚像吸收寶物般的跳躍著，看著熟睡中的謝立婷，張亞夫輕吻了她的臉頰，這個舉動把謝立婷弄醒了，謝立婷看著張亞夫，「你幹嘛這樣看我，情人碼頭到了？」謝立婷說。「嗯，等停好車就可以過去了。」張亞夫說。「人潮看起來不少。」謝立婷說。「可能是接近黃昏，許多上班族都會在這時候看看夜景，聊聊天。」張亞夫說。「這裡港口好大喔，腹地、視野好寬。」謝立婷說。張亞夫看著她沒有說話。漸近漸遠，漸遠漸近的船隻也陸續入港，海面上平靜，也潛藏著幾許浪花，沿著橋上走，謝立婷突然停了下來，「怎麼？」張亞夫說。「我想吃烤魷魚。」謝立婷說。風的助勢下，謝立婷依偎著張亞夫行走著。

清澈的海水，微爽的風，在礁岩上洗滌農作物，這就是村民的生活。Taro和Moi坐在礁岩上看著風景，海上的舢舨船依序的在裝卸著貨物，悠閒地穿梭在海上，有人跳入海中去看海底的世界，Taro看了Moi一眼，「想不想去看Sanga？」「Sanga。」Moi說。「是啊，Sanga的世界很美的。」Taro說。「像這天空一樣美嗎？」Moi說。Taro看了天空四周的雲彩在陽光的照射下顯現出山坡上的五顏六色，「海底的顏色比這還多樣。」Taro說。「咦？」Moi說。當Taro和Moi正在沉思觀海之際，Amo跑來了，「原來你們在這裡？」Amo說。「什麼事？」Taro說。「在村子找不到你，心想你會到海邊來。」Amo說。「你們常常來嗎？」Moi說。「每次捕完魚，Taro和我都會來。」Amo說。「喔。」Moi輕嘆一聲。三個人坐在沙灘上沒有說話，Taro看著Moi，Moi被Taro看的笑了起來，「妳笑起來很好看。」Taro說。「咦？」Moi輕嘆一句。「我想到海底抓一把珊瑚石給你做珊瑚石髮帶。」Taro 說。「就是用很多花鑲成的珊瑚石嗎？」Moi 說。「不是花，是珊瑚石和貝石編織而成的，聽 Mattau 那裏的村民說都是拿這個賣給海盜商人的。」Amo 說。「嗯？」Moi 說。「沒錯，平戶商人很喜歡，連明朝商人都拿來昂貴的珠寶玉飾來交換。」Taro 說。「珊瑚花環，我曾經看過村裡的女人帶著珊瑚花環，很漂亮的。」Moi 說。「那我就做個珊瑚花環給妳。」Taro 說。「咦？」Moi 說。Amo 看著 Taro 和 Moi 兩人，海上飄來一陣風，天空的雲朵起了變化，正當三個人被風吹開了心思，Moi 說：「我好想去海底看一看珊瑚，真的有那麼美嗎？為什麼大家都會去海底玩耍一整天，除了撈魚。」「真的很想去？」Taro 說。「嗯。」Moi 輕回一句。「那就跟我們去吧。」Amo 說。Taro 看 Amo 一眼，Amo 看了 Moi 和 Taro 一眼，此時，海上的風變大了，「起風了，改天我們一起到海底去。」Taro 說。這時候從外海回來的村民紛紛將舢舨船靠近港口，村民看著 Taro 和 Amo 及 Moi 三人還在沙灘上，「你們怎麼還在這？」村民說。「發生什麼事？」Amo 說。「有人看見 Provintia 人在 Chaccam 海域和 Chaccam 村民打戰了。」村民說。「Chaccam 村民？」Taro 說。「那不是前面那個海域嗎？」Moi說。「是啊，不僅僅如此，Mattau村民都出動了。」村民說。「那得趕快回村落告訴族長才行。」Amo說。村民、Amo和Taro的舢舨船向港口靠岸，帶著Moi沿著荒草坡跑回家，竹林裡傳來颯颯風聲，這一夜，村裡將不平靜，被掀起的海浪將吞蝕村落。在山坡上往海面上看，點點紅光，砲火四射，猶如海上的星光，天上的星星依然矗立在海上，只是被戰爭的血水染紅了，染紅的海水滲透海面下的珊瑚，染紅的珊瑚就像染紅的夕陽相互照映著。

情人碼頭的霓虹燈漸漸亮起，天空泛白的夜色也漸漸籠罩著黑色薄霧。「真的很漂亮。」謝立婷說。張亞夫睜開迷濛的雙眼，「天色這麼快就暗下來了？」張亞夫看看四周。謝立婷坐在他旁邊，「開車很累喔，來，我幫你。」謝立婷說完，就在張亞夫的肩上按摩起來。張亞夫抓著她的手，凝視著她，「怎麼？」謝立婷說。「沒什麼？」張亞夫轉移目光，放開她的手。「我肚子餓了，吃飯去吧。」謝立婷說。「嗯，走吧。」張亞夫起身，牽著謝立婷的手離開木棧橋。

車行在高速公路上，謝立婷有點迷濛的眼神開始不聽話，為了提起精神，謝立婷不斷地說話和吃零食，張亞夫看著她，不時露出笑容，「你笑什麼？」謝立婷說。「在笑妳啊。」張亞夫說。「人家想睡覺。」謝立婷摸摸頭說。「好啦！」張亞夫輕回一句。「你要吃嗎？」謝立婷塞了一口魷魚干給張亞夫。車窗外昏暗漸白又帶黑的幕景在霓虹燈的照耀下顯得彩色繽紛，只是這一平坦又陡峭的路還存在多少不為人知的秘密？

回到家中，謝立婷一直喊肚子痛。於是拉肚子拉得很厲害，幾乎快沒元氣的坐在椅子上，「你怎麼了？好一點沒？」張亞夫說。「肚子痛，大概急性腸炎又發作了。」謝立婷摸著肚子說。「要不要看個醫生？」張亞夫看看時間說。「你有胃腸藥嗎？先給我，等明天我再去看醫生好了。」謝立婷說。服過藥後謝立婷就沉沉地睡去……。張亞夫看著沉沉睡去的謝立婷，心裡多了一份愛惜之心，這份疼惜遠超過自己所想的心思。

海上漂泊的舢舨船，來回穿梭在各路海盜商人的船隻之間，為了交易物資，為了爭奪物資，不惜發動流血傷害，一直守著 Viro 港的村民和 Takau 港的村民在海上與大海搏鬥，也和海盜商人搏鬥。Taro 和 Amo 在荒草坡上追逐野鹿，從山腳下傳來大海的消息，平戶商人在市集裡與村民交易貨物，傳出明朝海盜曾在海上和平戶商人打戰，搶奪物資，村民和平戶商人交易日久以來的事，現在又讓明朝海盜侵略了。「其實明朝商人是因為明朝官員讓這些商人回不去明朝所以才變成海盜的。」Taro 說。「商人變成海盜？」Amo 說。「明朝官員因為禁止海上交易，所以這些人和平戶商人還有村民作交易，通通變成了海盜和倭寇了。」Taro 說。「原來是這樣。」Amo 說。海上平靜的交易，海岸平靜的生活，突然間變成了血染大海如同金黃色的夕陽灑下金粉滲透著泛紅的雲彩在大海上；在海底相映著血染後的珊瑚；在變化萬千的海域裡滲透著一股海流；這一股海流將不知何時失去最美麗且平靜的大海。Taro 和 Amo 從荒草坡上打獵完後，準備回家，村民個個負傷逃上岸了，「發生什麼事？」Taro 說。「海盜打上來了。」村民說。這個時候 Moi 急忙跑過來，看見 Taro 和 Amo，三個人驚訝了一會，「怎麼了？」Moi 說。「受傷了。」Amo 看著村民。Moi 立刻從竹籃裡拿出草藥在石頭上敲碎給村民敷上，「這裡不安全了。」Moi 說。「什麼？」Amo 說。「剛才巡守隊召集村民趕緊離開 Viro 港，因為 Takau 港已經被海盜侵占了，族老要村民到山上去再想辦法。」Moi 說。「海盜打進 Takau 港了？」Taro說。「像Chaccam港那樣被海盜攻擊嗎？」Amo說。「總之，先回山上去，大家都在那裏。」Moi說。「是啊，再不走，海盜就來了。」村民按著傷口說。Taro和Amo扶著村民和Moi往荒草坡上的山上去了。

張亞夫專注在電腦前，謝立婷帶著有些虛弱的身子，「妳還好吧？」張亞夫說。「嗯。」謝立婷有氣無力地說。「先吃個早餐。」張亞夫說。謝立婷面對著美味可口的早餐，一點食慾都沒有，「我是不是吃壞肚子啦！」謝立婷說。「也許吧！」張亞夫說。謝立婷靠著椅背，眼神似乎無力地望著，「要去看醫生嗎？你大概吹到海風了，又加上海產吃太多了。」張亞夫說。「喔——，有點不太舒服，為什麼每次出來玩比上班還累。」謝立婷說。「上班壓力大，一下子釋放太多了，當然累了。」張亞夫說。謝立婷看了張亞夫一眼，「看來，這次岡山羊肉要留在下一次吃了。」謝立婷說。「吃岡山羊肉那麼重要嗎？去東港吃鮪魚大餐好了。」張亞夫說。「東港？大鵬灣？」謝立婷說。「嗯。」張亞夫說。謝立婷靜靜地吃完早餐，張亞夫專注他的電腦。

仰望高雄的天空，高雄已經變成一個國際大商港，世界貿易中心，從以前到現在一直都是海上貿易與交易商船角力鬥爭的地方，但，Takau 不管越過多少時光，依然是繁忙的港口，謝立婷揮別張亞夫，沉沉地在火車上睡去……。

泛白帶黃的天空在雲朵的巧妙變化下將天幕變成了一片彩色畫布，Taro 和 Amo 在荒草林裡追逐著獵物，偶而在林子裡欣賞這山林美景，在枝椏上飄落下來的葉片猶如雪花般的閃閃迷人，村民走過的山林小徑總是會留下足跡，踩著腳印在廣大的草坡上享受大自然的洗禮，在夕暮西垂時，飛鳥掠影群起歸巢，天邊的雲朵泛白、泛黃、漸紅、漸橙、泛灰、泛黑，彷彿道盡了一天的生活，Taro 和 Amo 收起獵具準備回到村子，突然冒出許多從 Viro 港的村民，「你們要去哪？」Amo 說。「到山裡去。」村民說。「Viro 港發生什麼事？」Taro 說。「Provintia 人在海上和Portagl人發生了戰鬥。」村民說。「不僅如此，連明朝商人也加入了戰爭。」又一村民說。「明朝商人？就是變成海盜和平戶商人打戰的那個明朝商人嗎？」Amo 說。「聽從海上回來的村民說，明朝商人回不去明朝，在海上流浪，變成了海盜，想盡辦法要登上岸來。」村民說。「這我倒聽說，從 Taccaareyan 的村民說，在 Peita 那裏就曾經看見明朝海盜和 Provintia 人在Saccam村企圖上岸，發生戰爭。」Taro說。「Peita那裏靠近Saccam村也時常遭到海盜的攻擊，想不到連Viro港也受到海盜攻擊了。」Amo說。「看來在海邊生活已經不安全了。」村民說。Taro和Amo隨著村民回到村子，泛紅帶橙的金黃亮麗雲彩照映在海面上，散發出閃閃金粉的亮光，這一瞬間，耀眼奪目的景色透著水幕滲透入海，悠遊自在的魚群讓飛躍的珊瑚在水中搖曳著，水草，貝類在曼妙的音樂聲中開啟了合奏聲，海面上的戰鬥湧入了鮮血沾染了海水，同時滲著鮮紅的海水沾染了珊瑚，珊瑚的舞姿變了樣也變了調，但，海水一樣地透亮金黃，滲透在這一片海域裡……。

迷迷糊糊的雙眼，睜開之後看見車窗外一片黑濛濛，車上的旅客不停地走動著，謝立婷身個懶腰，揉搓雙眼，看看四周，夜晚很快就過去了，誰也不知道明天會發生什麼事？就像Takau的村民一樣，又怎麼會知道這美麗的海灘會因此而讓給別人？

Moi和Taro及Amo站在海岸邊，看著那漂浮不定的層層波紋裡隱約傳來海的聲音，Moi聽見海的哭泣聲，海面上舢舨船點點流動，村民的笑容寫在臉上，洋溢著雲彩一般亮麗的海面，珊瑚給于村民活著的希望，Moi在沙灘上撿拾著美麗貝殼，踩著沙灘留下腳印，舢舨船滿載而歸的喜悅有如綻放在山林裡的花香。當Amo和Taro帶著Moi在大海裡漫步悠遊，Moi愛上了海底珊瑚曼妙舞姿的節奏，水草，魚蝦，隨著舞姿擺動。砰——，砰——，Amo和Taro浮上水面張望，Moi探出水面說：「發生什麼事？」「看樣子海上又發生戰事了。」Taro說。「那我們趕快上岸吧。」Amo說。「嗯。」Taro說。Taro扶著Moi坐上舢舨船，準備回港靠岸。砰——，砰——，又一聲炮火，震動海水，掀起大波紋，同時也嚇跑了海面下的魚群，珊瑚受到了驚嚇。在荒草林的山坡上，Taro拿出珊瑚石對著Moi說：「給妳。」Moi看著珊瑚石，「好美。」Moi說。「給你做珊瑚花環。」Taro說。Moi看著，遲遲不肯接受，「拿著吧，剛才他可是找了很久才找到的。」Amo說。Moi接過珊瑚石，閃閃亮白的泛紅珊瑚，這荒草林吹著一股神祕的風，這神秘的風緊緊地繫著Taro、Amo、Moi三個人的心。

謝立婷回到台北，拿出張亞夫給的神秘禮物，這神秘禮物擺動了台北的黑夜天空有如星星一般照著黑夜裡的兩顆對望的心。

數月之後，謝立婷再度踏上高雄。坐在電視機前看著東港王船的慶典儀式，謝立婷邊吃零食邊說：「東隆宮是祭拜什麼？王船祭典有這麼盛大喔？」張亞夫將視線移開電腦看著謝立婷，然後繼續盯著電腦螢幕，「你不會又在玩連線遊戲了吧？」謝立婷說。「對，紓解壓力。」張亞夫說。謝立婷離開位子，站到張亞夫旁邊說：「你還沒告訴我有關東隆宮王船的事。」謝立婷看著電腦，「明天去東港不就知道了嗎？」張亞夫說。「嗯。」謝立婷輕哼一句。重新回到電視機前，沉沉的眼皮使謝立婷有了睡意……。

風和日麗的天氣裡，很適合出海打魚，Taro 和 Amo 駕著自己的舢舨船在 Peita 沙灘上不停的來回穿梭著，海面上平靜無波紋促使著疾速的海風追逐著 Peita 沙灘，於是開始聚集了許多舢舨船，村民想趁著天氣晴朗多一點收穫，沿岸海灘的珊瑚礁岩為了村民準備了一堆禮物，村民拿著木桶裝著從海水中受到陽光洗禮的白色禮物，豐收的魚可以醃製個把月的糧食，忙碌的村民臉上的喜悅比海水更亮麗，更無邪。沿著礁岩沙灘，可以看見村裡的勇士們所組成的巡守隊，攜帶著武器，竹箭、標槍、長刀，是因為海上時常有海盜入侵這片海域，村民的生活也受到了打擾，巡守隊就是為了保護村民，擊退海盜而來的，村裡的部落長老開始有了警訊，海上來的海盜一個比一個強悍，攻擊的大炮也一個比一個兇猛，於是在祭司的建議下，村落開始慢慢遷移，從沙灘到荒草坡，從荒草坡到聖山頂，村社一戶一戶的遷移，巡守隊也一戶一戶地保護著村落的遷移。市集裡擺滿了祭典的用品，在這次祭典之後，這礁岩沙灘不再使村民得到幸福與快樂，舢舨船敵不過戎客船的入侵，村民和平戶商人的交易和諧被徹底地打破了。Taro 眼看著自己從小生長的 Viro 海域和 Takau 海域活生生地從夕陽亮澄澄的泛黃光芒一下子變成了泛紅海水的血的印記，海面下不再有珊瑚的飄揚擺動，珊瑚失去了朋友，那些在珊瑚世界裡生存的伙伴們全都不見了，Taro 抓不到魚，黯然神傷，Amo 採不到草藻，悶悶一整天，只是海的顏色一樣透亮潔白的亮麗，這海的顏色猶如山坡上返照的翠綠，為何？為何終不見珊瑚的朋友？Moi 在荒草坡上為一位受傷的村民敷上草藥，村民感謝，「感覺好像大家都在逃難似的。」Moi 說。「唉！Takau 已經慢慢遷移了，海盜實在太可怕了，現在恐怕連Taccaareyan村也要保不住了。」村民說。「那要去哪裡？」Moi說。「聽族老會議說，只要翻過Taccaareyan村的那座山，就可以看到一條河，也許村民可以在河的旁邊住下來。」Taro說。「河？」Amo說。「就是我們曾經追過鹿和熊翻過那座山上所看到的那條河啊！」Taro說。「是喔，那條河的對面不是Zoatalau村嗎？」Amo說。「Zoatalau村？」Moi驚了一下。「怎麼了？」Taro說。「以後Taccaareyan村民要和Zoatalau村民共用那條河了。」Moi說。「聽說那條河很大，越往海上河面越大，也有珊瑚喔。」Amo說。「Zoatalau村的那條河可以通往大海喔？」Moi說。「是啊，那裏的村民常常駕著舢舨船往來河上，然後到河口的沙灘上看海，那邊的大海跟Viro港的大海一樣。」Taro說。「哇！好期待喔。」Moi說。Taccaareyan村民拋棄了Viro海域越過了山，來到了下淡水溪和Zoatalau村民一起徜徉在河流美景，何嘗不是一種幸福。天神沒有忘記村民，創造好禮物，失去了海神，卻得到河神的擁抱，Taccaareyan村民臉上的幸福將隨著這條河的變化而變化；這條河的滾動而不安，這條河還有多少村民的血和淚埋藏在這裡？

謝立婷突然驚醒，睜開眼看著張亞夫，「醒了？」張亞夫說。「怎麼了？」謝立婷揉著眼說。「該睡了。」張亞夫說。謝立婷看著電視被張亞夫關掉，起身走進浴室，「我先去洗一下臉。」謝立婷說。張亞夫望著謝立婷走進浴室，自己也關了燈走進房間就寢了。南台灣的夜晚總是特別寧靜，黑夜伴著天上的幾顆星光，閃閃耀眼地進入眼簾就像廣闊的大海發出閃閃耀眼的金粉滋潤著夜歸的旅人和回鄉的家人。

從 Takau 村民越過沼澤，翻山越嶺的來到河流旁，在這裡過著日出而作，日落而息的捕魚生活，在田野耕種，在山坡打獵，越過這條河的對岸有著和 Takau 村民過一樣生活的 Tapouliangh 村民，在河中有舢舨船的遊盪、穿梭，村民露出的笑容就像山野上綻放的花朵，河中翠綠的水亮波紋，Takau 和 Tapouluangh 兩個不相容的村落，結合了兩個心，Takau 村民有的越過了河建立了Akau村和 Tapouliangh 村民相鄰而居，共飲，共享河神賜于的禮物。Taccaareyan 村民也在狩獵的山上眼睜睜看著 Viro 港和 Peita 沙灘浸漬在Privintia人和明朝海盜的海上浴血奮戰中而失去了 Viro 海域。沾染了鮮血的沙灘，Taccaareyan 村民奔跑在山林中，奮力抵禦海盜的入侵就像 Mattau 村民為了保護海上資源不惜奮力抵抗一般，Viro 港曾經注入了村民的血汗，當海神變了樣，不再坦護村民時，這 Viro 也從此失去防禦和保護的功能，只能等待山神降下一層濃濃的薄紗來掩護，掩護村民的逃亡。

張亞夫的車子行駛在屏東平原，越過了高屏溪，「這條河就是下淡水溪。」張亞夫說。「下淡水溪和濁水溪一樣，河面很寬。」謝立婷說。「河流都會變的。」張亞夫說。河床上已經不再有舢舨船的駛入，村民也不能在這條河上捕魚了，謝立婷只能望著河想像張亞夫的車子像一艘舢舨船為了一天的生活越過了河而忙碌著。張亞夫看著沉沉睡去的謝立婷突然一個親吻動作把謝立婷嚇醒，謝立婷驚醒地望著他，「怎麼了？」張亞夫若無其事地說。「這裡是哪裡？好像有廟會？」謝立婷看著車窗外說。張亞夫凝望著謝立婷說：「既然都來到東港了，就先入境隨俗，到東隆宮參拜一下。」「東隆宮？是昨晚電視上我看到的那個嗎？」謝立婷說完，準備下車。「嗯。」張亞夫輕回一句。廟宇富麗堂皇的亮麗，信眾手中的拈香裊裊上升的煙圈，不知是多少個心願和煩惱，誠則心通，心誠則靈，這就是神明給予的意志力。站在廟埕，小吃林立，「待會要去大鵬灣喔。」謝立婷說。「妳說呢？」張亞夫故作神秘。悠閒地在街市閒逛了一圈，人們臉上的笑容不曾減少，只有增加時間的痕跡。「你說東港以前叫什麼來著？」謝立婷說。「以前這裡是 Pangsoja 村落的聚集地，沿著東港溪到林邊溪都是 Pangsoja 村民的生活區域。」張亞夫說。「Pangsoja 村？」謝立婷說。「這條河讓 Pangsoja 村和 Syaryen 村民相鄰而居，共享林邊溪和下淡水溪的海域。」張亞夫說。「那 Pangsoja 村和 Chaccam 村有一樣嗎？」謝立婷說。「Pangsoja 村民就像 Gie lim 村民一樣，站在沙灘上就可以遠眺大海和夕陽的銜接。」張亞夫說。像夢一樣的神話伴隨著 Pangsoja 村民和 Gie lim 村民一樣站在河流上的礁岩上享受著珊瑚的曼妙舞姿。

Taccaareyan 村民駕著舢舨船在河岸邊打撈與 Zoatalau 村民的舢舨船相遇，互相交換訊息，荒草坡上和沼澤地的掩飾早已是兩村村民的共識，平戶商人的八幡船進入這條河，帶來豐富的物資交易，也隨著平戶商人的交易，Taccaareyan 村民聽見 Tapouliangh 村民從河口海岸邊得知在大海上遠處有一個Island充滿著Sanga，這個Island的Sanga也因此傳了開來，Tapouliangh村民從Pangsoja村民得知在海上那個Island時常受到海盜的侵襲，那裏的村民也不得不收起在海岸礁岩上悠閒的日子，巡守隊防禦著這個Island。Provintia人和Portugal人還有明朝商人在這一大片海域常常發生戰爭。從這裡的海域到Pescadores海域都可以看見這些海盜船來回穿梭著，平戶商人的八幡船也受到了攻擊，Pangsoja村民的舢舨船沿著礁岩沙灘划行，隱約見到Takau港的不寧靜，依稀散落的Takau村民正努力在海上找到自己的生活，炮火不斷猛攻，這片海域將陷入一場膠著的爭奪戰。Taro和Amo從荒草坡上跑著，越過了層層荒草山坡，「你要去哪裡？」Amo說。「看海啊！」Taro說。Taro用刀子將荒草割一圈，「來，坐著。」Taro說。Amo依話前去，「哇，這裡？」Amo驚叫一聲。「就是這裡可以同時看見山坡下的大海和河了。」Taro說。「的確，視野好好，連Takau港都看得很清楚，還有Pangsoja的大海和河流都看得很清楚。」Amo說。「以後我們可以常常來。」Taro說。「嗯，你跟Moi說了嗎？」Amo說。「沒有。」Taro說完向遠處望。「那應該要帶她來看看。」Amo說。「會的，這是自從離開Viro港，在這裡發現最好的風景。」Taro說。「嗯。」Amo說。Taro和Amo就這樣吹著從大海上吹上來的風，沁涼舒暢，雲朵也隨著風速移動了腳步，身邊的荒草像一群被撫順的野鹿，乖乖低頭，雲朵起了變化，摻了金黃帶紅的色彩擺盪在山坡上，山坡上的荒草被紅、紫、白相間的花朵滲透，從天邊到山坡到河流上，這樣一個映照成迷彩的夢幻世界，除了海底的珊瑚世界可相比擬以外，人間仙境將從何而來？Taro和Amo沉默了些許片刻，遠眺遠方……，砰——，點點紅光讓Taro有了移轉，「又發生戰事了。」Taro說。「剛才那砰——，一聲，是吧。」Amo說。「為什麼海盜那麼喜歡打戰？」Taro說。「我也想不透。」Amo說。為什麼喜歡打戰？對於身處在海岸礁岩資源豐富的Pangsoja村民和Taccareyan村民來說又何嘗不是一個解不開的難題？或許Takau村民和Chaccam村民曾經愛護的家園就是這樣消失的。

「妳怎麼了？傻楞楞的。」張亞夫望著發呆的謝立婷說，兩人站在廣大又平坦的港口坪。「這裡的太陽把我曬昏了，我有點口渴。」謝立婷說。「走吧，去買些喝的吧。」張亞夫說。兩人往市集攤販走去。「對了，下午去小琉球好嗎？」謝立婷說。「嗯。」張亞夫輕回一句。「反正都來到東港了，去一趟小琉球嘛！」謝立婷說。張亞夫看看四周，然後開口說：「好吧，走。」張亞夫和謝立婷往停車場去，準備到碼頭搭船到小琉球。

站在碼頭等待船隻入港，張亞夫和謝立婷在附近船家排隊，「你一定很意外，東港以前也是個港灣。」張亞夫說。「咦？那不就是和高雄一樣囉。」謝立婷說。「是的，一點都沒錯。」張亞夫說。烈陽照射下的海面，金光閃閃地讓人睜不開眼睛，候船室裡讓出入的旅客中夾著來往東港和小琉球的民眾，這已經變成生活的一部份，海水越是發亮著，生活越是忙碌。

在靠河的沙灘上 Moi 依然在採集著河裡的藻草，準備回家的時候，在山坡上出現一群奔跑的熊和鹿兇猛的攻擊河邊的村民，一群獵人經過，野鹿和熊逃跑了，Taro 和 Amo 看見了 Moi 三人相視而笑，村民的舢舨船急於返港靠岸，在河邊的人都回家了，Moi 在 Taro 的護送下坐在舢舨船準備順著河流回到 Taccaareyan 村，「等一下。」Moi 突然開口說。「什麼事？」Taro 說。「我想在這裡停留一會。」Moi 說。「不行，這裡海盜常常出現，很危險的。」Amo說。「我只想再看一次海而已。」Moi說。Amo看Taro一眼，Taro看著Moi的眼神，「好吧，就一次。」Taro說。「你瘋了。」Amo說。「不是在這，去那邊。」Taro說。Taro駕著舢舨船往河口附近的沙灘划去，天際的雲朵也慢慢地變了顏色，泛白、泛黃、泛紅，透亮潔白的光芒灑在海上，當Taro的舢舨船接近海岸礁岩時，Moi興奮的跳了起來，「這裡有點像Peita那裏的沙灘，海好大喔，這裡是哪裡？」Moi看著Taro說。「打獵的時候聽見Tapouliangh村民說只要跨越沼澤到Pangsoja村，往下划下去有一大片礁岩，那裏可以看到大海。」Taro說。「Pangsoja村？」Moi說。「這我知道，以前在山上的時候有聽Tapouliangh村民常常越過河邊的沼澤在樹林裡看見Pangsoja村民在樹林裡打完獵後到海岸邊撈魚。」Amo說。「像Viro村民那樣嗎？」Moi說。「其實只要在Takau港那邊駕著舢舨船沿著海岸礁岩過來就可以看到這邊的沙灘了。」Taro說。「你怎麼知道？」Amo說。Taro在礁岩上拍打了起來，「Amo，你忘了嗎？在Takau港山上打獵的時候，我們曾經碰到過海盜從海上打過來的事，那時就有村民沿著海岸礁岩逃到這裡來。」Taro說。Amo想著、想著Taro的這段話，「想起來了，那時你還拉著我在山上跑，結果看到了山下有條河，那村民就躲進河岸旁的樹林裡去了。」Amo說。「是啊，因為礁岩多，海盜船會擱淺不敢靠近，所以就走了。」Taro說。「原來是這樣。」Moi說。「不過，海盜時常來犯，用的船和大炮也越來越大。」Taro說。「據說Soulangh那邊的村民時常遭到攻擊。」Amo說。「Soulangh村民常常看到Pescadores海域時常都有明朝商人、平戶商人，San domingo人在海上漂流。」Taro說。「漂流？是打鬥吧，聽說明朝商人都變成了海盜在海上和Provintia人還有平戶商人為了資源在海上打戰，連Soulangh村民和Gie lim村民都曾經被明朝海盜在海上追殺過。」Amo說。「真的啊？」Moi說。此時，海上亮起一道白光延伸到遠遠的天空，在天空有許多不同顏色的雲朵，泛灰、泛白、黃、靛藍，照映在海上的泛橙、泛紅、靛綠的亮白顏色，海上漸漸形成一層淡淡的濃煙，「起霧了。」Taro說。「該回去了。」Amo說。「想不到這裡的大海還是一樣美。」Moi說。三個人從海岸礁岩回到了舢舨船上，Taro和Amo駕著舢舨船沿著海岸礁岩，順著河流划向岸邊回到村子，「等一下。」Moi站在山坡上往海上望著說。「怎麼了？」Amo說。「你們看，這金黃亮麗的大海反射到山坡上來了，這片山坡也變得金黃燦爛了起來。」Moi說。Moi臉上的喜悅和燦爛的笑容瞬間溶化了Taro和Amo的心，三個人站在金黃亮麗的山坡上欣賞這美麗的海天奇景，一路上奔奔跑跑的回到村子，夜已深沉，萬物俱寂，只有巡守隊的火把在崗哨上亮著。

一個浪花濺濕了舺舨上的旅客，讓許多旅客都尖叫了起來，看著激起的白浪打在船身，在海面上形成一條白色鴻溝。「你在想什麼？看著海也能想這麼久？」張亞夫看著謝立婷說。謝立婷沒有回答，靜靜地望著海面，「總覺得這麼看著海，心裡特別的舒坦。」謝立婷說。張亞夫也將目光移向海面上，「生活壓力大吧？總之忘掉一些也好。」張亞夫說。「到了，到了，小琉球到了。」有旅客喊著遠方一處島嶼說。「這才明白什麼是海上孤帆的道理。」謝立婷說。「咦？」張亞夫越來越不懂謝立婷的心思了，只得輕輕嘆一聲。海上傳來陣陣海嘯聲拍打岸上的礁岩，拍打港口的船隻，忙碌的商人像忙碌的漁夫，在海上，在岸邊，來來回回的守著自己的生活，這片海域是這島上村民的生活的命脈也是生命的全部。

上了岸，悠閒地在街道上閒晃，坐在門前的老人臉上述說著歲月的風光，等同述說著生命的歷史，小孩們不安份地跳躍著，謝立婷在一處矮牆上斜靠，用憂鬱哀愁的臉看著張亞夫，張亞夫面對著謝立婷的表情，「說吧，有什麼事？」張亞夫說。「今天可以在這裡過夜嗎？明天再回高雄。」謝立婷說。「這個……。」張亞夫抬頭張望了一下說。「怎麼了？」謝立婷說。「怕訂不到飯店住宿。張亞夫說。「喔？……」謝立婷輕嘆一句。為了謝立婷的貪心要求，張亞夫終於訂到了住宿的地方，只是房間有些簡陋了些，在街道上散漫地走著，在港口看著漁船，謝立婷有些昏厥了。「怎麼了？」張亞夫說。「我肚子餓了。」謝立婷摸著肚子說。「好吧，先去吃飯，然後回飯店休息，明天再好好欣賞小琉球的風光。」張亞夫說。「嗯。」謝立婷露出愉悅的笑容。小琉球無論在任何地方都可以聽見海的聲音，潔亮的白色浪花像浮動飄揚的白雲點綴無邊無際的天空那樣地點綴了大海。張亞夫和謝立婷趁著夜色昏黃之際在木棧橋上留影，抓住最後的美麗時光。

夜晚，這個島上的寧靜充份顯示出島嶼人生的生活，不平靜的海面在寧靜的島上翻攪著，點點星光在夜空裡閃爍，點點漁火在港灣裡照耀，星空照耀海上，漁火照耀港灣，在海與天際交接的地方有一個亮光，這個亮光自天神以來不曾熄滅過，不曾滅過，不曾入侵過，純潔無暇的海上，潔亮沁白的天空，一直守著這個島上的村民……。謝立婷泡了一杯茶等著張亞夫從浴室出來，電視機裡正播著小琉球的景觀介紹，「在看什麼？」張亞夫從浴室走出來說。「小琉球的介紹。」謝立婷說。「喔。張亞夫輕回一句。張亞夫坐在椅子上，享受一下清閒，喝著謝立婷泡好的茶。「妳不是很累嗎？」張亞夫說。「嗯？」謝立婷輕回一句。「小琉球跟東港的交流這麼密切喔。」謝立婷說。「是啊，從以前到現在都是。」張亞夫說。謝立婷在床上翻滾了一下，「怎麼了？」張亞夫說。「不知是太高興了，還是累得睡不著。」謝立婷說。張亞夫看著謝立婷，默默沒有說話，打開筆記電腦，謝立婷坐躺在床上看著電視，不知怎地謝立婷眼皮越來越沉重了。

在Syaryen村民駕著舢舨船在海岸礁岩休息，眼看著村民在眼前這一片海域盡情地生活著，無情地海上商人奪走了這份愉快的心情，這些海上商人不知從何時起變成了海盜，在海上見船就搶，見人就殺的恐怖行為讓村民心生害怕，從 Viro 港到 Takau 港，從 Pescadores 海域到 Lamey 海域，海盜見獵欣喜的將鮮血染紅了這延綿百里的海域，奪去村民賴以為生的珊瑚海礁，在海岸礁岩上染上村民的鮮血，祭海神。Amo 和 Taro 駕著舢舨船沿著河岸划行，在沙灘上看見了 Moi，Moi 跟 Taro 打個招呼，「自從上次跟你們來這以後，我一直念念不忘，所以就自己沿著山路走下來。」Moi 說。「這麼危險的事怎麼不告訴我們？」Taro 說。「是啊，你一個人從山上……。」Amo 沒有說完。「我是跟村民一起下來的，不會有危險，Taccaareyan 村民會保護我的。」Moi 說。「我還是不放心。」Taro 說。三個人享受著海岸美景，村民忙碌的背影殘留在每一個人的心中，在草坡上奔跑，在樹林裡追逐，在山林裡逐風的感覺就像在海上追風的快感，蟲鳴鳥叫的伴著海浪聲，在村民的夢裡除了海浪聲以外，還有大鵰飛翔在空中的鳴叫聲，曾幾何時，村民的夢中多了大炮聲與槍聲，還有陌生人的撕裂與砍殺的交裂聲，等村民夢醒時，所有的海浪變成了血浪沖刷著海岸，所有的礁岩變成粉碎的殺場，所有的殺場變成了海盜場，村民心碎，村民心碎……。

「在想什麼？」Taro 看著 Moi 說。Moi 看了 Taro 一眼，在看這一片海域，聽 Pangsoja 村民說，這裡可以到一個叫 Lamey 村民居住的島上，那裏和這裡一樣有一大片珊瑚礁岩，海底風景很美。」Moi 說。「是嗎？Lamey村？」Taro 說。「Lamey 村？不是在海上嗎？」Amo 說。「你們也知道？」Moi 說。「Lamey 海域和 Pescadores 海域一樣，都有海上商人經過。」Amo 說。「海上商人？」Moi 說。「就是海盜。」Taro 說。「海盜不是要去明朝的嗎？」Moi 說。「明朝讓自己的商人都變成海盜了，而且還跟平戶商人打戰。」Amo 說。「平戶商人？」Moi 說。「那些海盜趕走了平戶商人和村民作交易。」Amo 說。這片海域資源很多，這片海域的美深深吸引著各路海盜的到來，Pangsoja 村民和 Syaryen 村民享受天神與海神灑下的金粉，在山坡上，在海上，交相映著美麗的雲朵與浪花。一陣風吹過，Moi 傾斜了身體，Taro 扶了她一把，「小心。」Taro 說。「怎麼會突然來一陣風？」Moi 說。Taro 看了一下海面，「看樣子又有風浪要來了。」Taro 說。「風浪？」Moi 說。「風浪來了，頂多躲到樹林裡去，怕是怕海盜來了。」Amo 說。「Amo…。」Taro 碰了一下 Amo 說。

三個人互看了一眼，海面的風浪真的越來越大了，Moi 抖了一下身子。「冷吧？」Taro 說。「嗯。」Moi 輕回一句。Taro 走向舢舨船，拿出一件獸皮，「披著吧。」Taro 對 Moi 說。Moi 看著獸皮，並接過獸皮。「回村子去。」Taro 說。「走吧。」Amo 扶著 Moi 說。Taro 和 Amo 駕著舢舨船沿著沙灘，順著河流，回到村裡去。

張亞夫準備就寢，看著熟睡中的謝立婷，臉上露出淺淺笑意，張亞夫輕輕撫摸著謝立婷的臉頰，只是這一動作驚醒了謝立婷，謝立婷睜開眼，翻轉身子，「我怎麼了？」謝立婷說。「你又比電視先睡著了。」張亞夫看著她說。張亞夫拍拍被子，「我要睡了。」張亞夫說。看著張亞夫躺下，謝立婷在床上坐著，腦海中不斷地翻轉張亞夫對自己的呵護，窗外依然是黑夜的寂靜在幾許亮光的陪伴之下點亮大地的溫暖。

追逐風速的快感在環島一圈之後，卸下了所有的憂悶，「好舒服喔！」謝立婷坐在機車後座說。「什麼？」張亞夫因風速聽不清楚。在一處海岸邊停了下來，來往的遊客駐足拍照，珊瑚礁岩已被水泥牆取代了海岸，海岸下方隱約看見珊瑚礁岩的存在，沼澤裡存著豐富的生物資源供遊客駐足觀賞，「烏鬼洞真的有鬼嗎？」謝立婷說。張亞夫笑笑沒有回答，「那美人洞不就住著美人囉！這島上好奇怪，又是鬼，又是美人的。」謝立婷說。張亞夫看著她，面對這樣一片沁藍沁綠的大海，真不知又會想出什麼樣的畫面來。「其實以前住在這裡的人和東港一樣都跟海盜搏過命。」張亞夫說。「是喔。」謝立婷輕回一句。「怎麼？心情沒有比較好嗎？」張亞夫說。「玩樂的時間真快，什麼時候把自己鎖在固定的生活模式裡？」謝立婷說。「固定的生活模式？」張亞夫說。謝立婷望著大海，長吁短嘆的，「假如……，自由一點，該多好。」謝立婷說。張亞夫悄悄站在她身邊，用手搭著她的肩，「不要想太多。」張亞夫說。層層浪紋襲岸而來，白色泡沫點綴著最後的亮光就像心中最後熄滅的希望。

在海岸礁岩的沙灘上，Lamey 村民捕獵著海上的魚，每次順著海流的方向都能有所收穫，Lamey 村民也潛入海底去尋覓海藻，在廣大的珊瑚世界蘊育著豐富的資源，成群的魚、蝦、貝，鮮美天然的水藻是大海的神物賞賜給住在 Lamey 村的村民。Lamey 村民駕著改良式的舢舨船可以遠渡到 Pangsoja 村落的海域，從 Syaryen 的海岸礁岩可以看見 Lamey 村民的舢舨船移動著，當 Pangsoja 村民在海上遇到 Provintia 人的劫難時，Lamey 村民都會出手搭救，這一幕讓 Syaryen 村民看到非常感動。Lamey 海域在 Provintia 人來說是另一個 Pescadores 的地方，一個極具重要的海域，通往南方大洋，通往明朝港口和 Pescadores 海域的要塞。因此，Provintia 人不時會在海上挑撥 Pangsoja 村民和 Lamey 村民的合作，讓 Pangsoja 村民互相打鬥在從中得利，Syaryen 村民眼見這一切，不時在村裡召開村落會議，Pangsoja 村民也常常為了海盜不歡而散。Pangsoja 村民於是往河流上遷移，遇見了 Tapouliangh 村民，向他們述說海上的情形，海上早已不平靜了，這是 Syaryen 和 Pangsoja 村民的發現，在廣大的河灘沼澤，在荒草山坡上，許多野獸、飛禽早已嗅出了不安，紛紛群飛四起，在海岸礁岩的沙灘等待的鷗鳥在陽光泛白、泛黃、泛橙、泛紅的招呼下以黑紗的夜幕為幃；以風的哨聲為警；以白雲的浮動為路線，遷走了，移動了，遠離這生存很久的海岸。當泛紅的天空灑下亮麗的金粉時宣告了海上泛白亮麗的光芒瞬間被淹沒，在漫漫的長夜裡，海面上珊瑚也逐漸消失，海水不留下一滴星光，卻留下一把火光。Pangsoja 村民不知何時會棄守這海岸，像Takau村民一樣失去了大海。

被陽光曬得昏昏沉沉地，謝立婷抹去額頭上的汗水，「我肚子餓了。」謝立婷說。張亞夫看著她，海風吹著她消瘦的臉，「肚子餓囉，上車吧！」張亞夫坐上摩托車，謝立婷環抱著他，臉頰貼著他的背，風吹著謝立婷的長髮向後飄揚著。旅客一個個在市集裡尋覓維持生命的糧食，「小琉球的名產是什麼？」謝立婷說。「小琉球喔，不外乎跟東港一樣吃魚吃到飽。」張亞夫說。「吼——。」謝立婷叫了一聲。「不過，這裡海底蔬菜很有名。」張亞夫說。「海底蔬菜？」謝立婷遲疑了一下。「珊瑚菜啦！」張亞夫說。謝立婷在狹小的巷道內觀望著，「妳不是很餓，還不快點，等一下太多人了，要排隊。」張亞夫說。「喔，對吼。」謝立婷笑笑地跟著張亞夫走進店家。「噢，吃好飽喔。」謝立婷伸個懶腰說。張亞夫在她吱肢胳窩騷個癢，「喂，你幹嘛，會癢耶。」謝立婷斜瞪著他一眼。「現在吃飽了，該滿足了，回東港吧！」張亞夫說。「下午的船班喔。」謝立婷說。兩人在上船之前，再次來到沙灘上，享受片刻海水的浸漬和海風的吹襲。

飄盪的海水搖晃著船隻，亮麗的陽光再度照耀在海面上，浮動的船漂流在海上隨時有被淹沒的感覺，從海上眺望載浮載沉的小琉球，彷彿見到一群即將登岸的Pangsoja村民和Provintia人在島上廝殺，這片大海上的Lamey村民寧靜而不平靜，這片大海上的Lamey村民一直都處在入侵者的掠奪。船隻漸行漸遠，謝立婷看見海水淹沒了這座島……。

向晚時分，陽光泛橙黃的光芒照耀在港口，忙碌的港口仍然曬著一群村民的生活，「終於探險回來了。」謝立婷說。張亞夫沒有回答，街道上行色匆忙的路人趕集似的奔回家，「直接回高雄嗎？」謝立婷說。「你說呢。」張亞夫說。「你要不要吃點東西，怕回高雄晚了。」謝立婷說。「高雄跟台北一樣，越晚越熱鬧，你忘了。」張亞夫說。謝立婷笑笑地看著他，「去一趟小琉球就忘了。」張亞夫說。謝立婷挽著張亞夫的手走進停車場。

張亞夫的車在高屏大橋上行駛，俯瞰橋下，舢舨船的足跡留下一畦畦的水漾草田和防沙堤，天空裡的陽光依然灑下泛橙、泛黃、泛白的光芒在河床上，高屏溪和濁水溪有著同樣的命運，陽光的影子灑在沒有河水的河流裡……。

相關名詞解釋

人名

Akin：平埔族男子名

Hopa：平埔族女子名

Siro：平埔族男子名

Tawo：平埔族男子名

Ama：平埔族女子名

Abuk：平埔族男子名

Tull：平埔族男子名

Anbun：平埔族女子名

Taro：平埔族男子名

Amo：平埔族男子名

Moi：平埔族女子名

Busay：巴賽人

San domingo，San salvadol：西班牙人

Provintia荷蘭人

Anglo：英國人

Portugal：葡萄牙人

地名

Lu i li：雷里社，現今板橋附近

Li a：了阿社，現今台北小北門附近

Li bu a ts：里末社，現今台北西門

Takoham：大嵙崁，今大漢溪

Kibukabukan：基隆灣，雞籠

Pa i tii：擺接社，現今板橋

Baulaoan：武嘮灣社，現今新莊

Ta a ta ai u：塔塔攸社，今台北市松山

Mo si o an：麻少翁社，今台北社子島

Pourompon，To a lon po n：大浪衮，現今大龍峒

Kee but s：奇武仔，現今大稻埕

Pa ts ta u：現今北投

Li i tso tu：里族，現今內湖一帶

Bu a li ti a ha u：麻里即吼，現今松山

Kee gi yu：雞柔山，今台北三芝鄉

Plam island：現今基隆和平島

Kietangemg：居住在和平島上的原住民

Rokau an：現今彰化鹿港鎮

Pescadores：漁翁島，今澎湖

Gie lim：今彰化二林鎮

Chaccam，Saccam：赤崁，今安平古堡

Ma sakau：馬沙溝，現金台南縣北門鄉

Terramisson：鐵線橋，現今鹽水鎮

Mattau：今台南縣麻豆鎮

Soulangh：今台南縣佳里鎮

Takau：打狗社，現今高雄市

Lamey：小琉球島上的村民&小琉球總稱

Viro：今高雄縣彌陀鄉內

Taccaareyan：搭佳里揚社，現今高雄路竹鄉、岡山鎮一帶

Peita：現今高雄茄萣鄉

Zoatalau：塔羅社，現今屏東里港鄉

Tapouliangh：大目連社，現今屏東萬丹鄉

Pangsoja：放索社，現今屏東東港鎮，林邊鄉

Syaryen：加藤社，現今屏東佳冬鄉

其他名詞

Ta a ta ai u：亦有髮帶（結婚飾品之意）

挽手：平埔族語。結婚之意）

Sanga：珊瑚（古波斯語之稱）

Saccarum：蔗糖

Humosa、Humoes：福爾摩沙

戎克船：中國式帆船

八幡船：日本帆船

舢舨船：台灣沿海居民所使用之船隻

釀文學100　PG0744

穿越時空的旅行

——台灣四大河流的故事

作　　者　張秋鳳
責任編輯　孫偉迪
圖文排版　邱瀞誼
封面設計　陳佩蓉

出版策劃　釀出版
製作發行　秀威資訊科技股份有限公司
114 台北市內湖區瑞光路76巷65號1樓
電話：+886-2-2796-3638　傳真：+886-2-2796-1377
服務信箱：service@showwe.com.tw
http://www.showwe.com.tw
郵政劃撥　19563868　戶名：秀威資訊科技股份有限公司
展售門市　國家書店【松江門市】
104 台北市中山區松江路209號1樓
電話：+886-2-2518-0207　傳真：+886-2-2518-0778
網路訂購　秀威網路書店：http://www.bodbooks.com.tw
國家網路書店：http://www.govbooks.com.tw
法律顧問　毛國樑　律師
總 經 銷　聯合發行股份有限公司
231新北市新店區寶橋路235巷6弄6號4F
電話：+886-2-2917-8022　傳真：+886-2-2915-6275

出版日期　2012年8月　BOD一版
定　　價　230元

Printed in Taiwan

國家圖書館出版品預行編目

穿越時空的旅行：台灣四大河流的故事 / 張秋鳳著. -- 一版. -- 臺北市：釀出版, 2012.08
面； 公分
BOD版
ISBN 978-986-5976-36-1（平裝）

857.7 101008941

讀者回函卡

感謝您購買本書，為提升服務品質，請填妥以下資料，將讀者回函卡直接寄回或傳真本公司，收到您的寶貴意見後，我們會收藏記錄及檢討，謝謝！
如您需要了解本公司最新出版書目、購書優惠或企劃活動，歡迎您上網查詢或下載相關資料：http:// www.showwe.com.tw

您購買的書名：______________________________

出生日期：_______年_______月_______日

學歷：□高中（含）以下　□大專　□研究所（含）以上

職業：□製造業　□金融業　□資訊業　□軍警　□傳播業　□自由業
　　　□服務業　□公務員　□教職　□學生　□家管　□其它_____

購書地點：□網路書店　□實體書店　□書展　□郵購　□贈閱　□其他

您從何得知本書的消息？

□網路書店　□實體書店　□網路搜尋　□電子報　□書訊　□雜誌
□傳播媒體　□親友推薦　□網站推薦　□部落格　□其他_____

您對本書的評價：（請填代號　1.非常滿意　2.滿意　3.尚可　4.再改進）

封面設計____　版面編排____　內容____　文／譯筆____　價格____

讀完書後您覺得：

□很有收穫　□有收穫　□收穫不多　□沒收穫

對我們的建議：______________________________

____

____

____

請貼
郵票

11466
台北市內湖區瑞光路 76 巷 65 號 1 樓
秀威資訊科技股份有限公司 收
BOD 數位出版事業部

（請沿線對折寄回，謝謝！）

姓　　名：____________　年齡：________　性別：□女　□男

郵遞區號：□□□□□

地　　址：________________________

聯絡電話：(日) ____________ (夜) ____________

E-mail：________________________